교과서
시 다보기 1

교과서 시 다보기 1

초판 1쇄 발행 · 2013년 10월 10일
개정판 1쇄 발행 · 2020년 1월 9일
최신 개정판 1쇄 발행 · 2025년 9월 10일

엮은이 씨앤에이논술연구팀
펴낸이 이재종
펴낸곳 (주)씨앤에이에듀
주소 서울시 강남구 도곡로 63길 23, 302호
전화 02-501-1681
팩스 02-569-0660
전자우편 rainbownonsul@daum.net
ISBN 978-89-6703-876-2 44810
　　　　978-89-6703-874-8 (세트)

2022
교육과정
반영

교과서
시 다보기 1

씨앤에이논술연구팀 엮음

씨앤에이에듀

최신 개정판
《교과서 시 다보기 1》을 펴내며

시(詩)는 마음속에 떠오르는 생각이나 느낌을 함축적이고 운율이
있는 언어로 압축하여 표현하는 문학입니다. 따라서 시에는 시인
의 주관적인 정서와 사상이 비유와 상징 등과 같은 다양한 표현법
으로 압축되어 있습니다. 그래서인지 학생들 대부분이 시를 매우
낯설어합니다.

사실 시는 시인의 노래와 다름없습니다. 그러므로 시인을 대리
하여 말하는 시적 화자가 되어 시를 노래하듯 즐기면 시가 좀 더
쉽게 이해될 수 있습니다. 천천히 시를 음미하면 시적 화자가 처
해 있는 상황이나 어조가 느껴지고 혹은 시에 사용된 소재나 시어
등에 깊게 이입되어, 시인의 마음에 가닿기 훨씬 수월해집니다.

최신 개정판《교과서 시 다보기 1》은 2022 개정 교육과정에 따라
2025년부터 중학교 1학년 학생들이 새롭게 배우게 될 국어 교과서
속 시 작품을 한곳에 담았습니다. 더불어 청소년에게 이롭거나 도
움이 될 만한 시도 함께 소개하였습니다. 총 92편의 작품을 감상하
며, 학생들은 낯선 시와 친숙해지며 시를 감상하는 올바른 태도를
기르게 될 것입니다.

이 책은 교과서의 학습 목표를 참고하여 구성되었습니다. 그리
하여 1부 '삼월에 눈이 온다'에서는 운율이 뛰어나고 대상을 감각

적으로 표현함으로써 마음속에 그려지는 심상이 뚜렷한 작품을 위주로 살펴볼 수 있습니다. 2부 '사금처럼 반짝이는 시'에서는 시적 화자의 상황과 정서를 중심으로 감상할 만한 작품을, 3부 '영산홍은 빨강 거품'에서는 시의 표현 기법으로서 비유와 상징, 반어, 역설, 풍자 등이 두드러진 작품을, 4부 '딱정벌레 날개처럼 하얀 새살'에서는 성찰적 시로서 시적 화자의 생각을 되새겨볼 만한 작품을 각각 살펴볼 수 있습니다.

또 부록 '작가 찾아보기'를 통해 간략하게나마 시인의 삶과 작품 활동의 방향성을 짐작할 수 있습니다. 이는 시가 쓰였던 정황이나 시인의 심리 등 시의 외연적 이해를 도울 것입니다. 학생들이 시를 즐기고 국어 과목으로서의 시 작품에 대한 분석이 쉬워지도록, 작품에 대한 짤막한 감상도 함께 실었습니다.

이 책을 통해 학생들이 시를 감상하고 이해하는 능력을 키우고, 다른 사람의 정서와 생각에 공감하며, 스스로의 감정과 마음속 이야기를 시어로 풀어 내는 역량을 키울 수 있기를 바랍니다. 무엇보다도 시를 노래하는 즐거움을 깨달아 시를 가까이하기를 바랍니다.

• 차례 •

1부

삼월에 눈이 온다

2부

사금처럼 반짝이는 시

3부

영산홍은 빨강 거품

4부
딱정벌레 날개처럼 하얀 새살

일러두기

1. 2022 개정 교육 과정에 따른 10종의 중학교 1학년 국어 교과서에 수록된 시 작품과 청소년에게 유익한 시를 골라 총 92편을 수록했습니다.

2. 교과서에 간략히 소개된 시는 작품 전체를 보여 주고자 원문을 참고하여 수록했습니다.

3. 표기는 해당 시 원문에 충실히 따르되, 원문의 정서나 어감을 해치지 않는 선에서 현행 표기로 바꾸기도 하였습니다.

4. 맞춤법과 띄어쓰기는 현행 표기법에 따랐습니다.

1부

삼월에
눈이 온다

3월

오규원

아침부터
펑 펑
봄눈이 내리더니

점심 무렵에는
산과
들이
눈부시게
하얀 이불을 덮고
잠이 들었다

골짝을
타고 내리는 물소리만
나즉 나즉

자장가처럼 들리던
하루가 지나고

다시 아침이 오고
해가 떠오르더니

점심 무렵에는
산과
들에
좌아악 깔린 이불을
모조리
걷어 가 버렸다

이불이 걷힌
그 자리에는
잠자리에서 뛰어나온
아이들처럼

파란 싹들이
와자지껄
일어나 있다

 봄눈이 내린 3월의 봄 풍경을 생생하게 표현한 시입니다. 산
과 들에 내린 눈을 "하얀 이불"로 묘사하였네요. 햇볕이 "이
불을/모조리/걷어 가" 버린 자리엔 "파란 싹들이/와자지껄/일어나
있"습니다. 아이들처럼 생동감 넘치는 새싹들이 절로 그려집니다.

포근한 봄

오규원

눈이 내린다
봄이라서
봄빛처럼 포근한 눈

담장 위에 쌓이는 봄눈
나무 위에 쌓이는 봄눈
마당 위에 쌓이는 봄눈

그리고
마루에서 졸다가 깬
눈을 하고 앉은
새끼 고양이의 눈 속에도
내리는 봄눈

감았다 떴다 하는
새끼 고양이의 눈처럼
보드라운
봄

봄 하늘
봄 하늘의 봄눈

 봄날 눈이 내리는 아름다운 풍경을 감각적으로 표현한 작품입니다. "포근한 눈", "마루에서 졸다가 깬/눈을 하고 앉은/새끼 고양이의 눈"과 같은 표현을 통해, 나른한 봄날 부드럽고 소복하게 눈이 쌓이는 풍경이 떠오릅니다.

봄비

심후섭

해님만큼이나
큰 은혜로
내리는 교향악

이 세상
모든 것이 다
악기가 된다.

달빛 내리던 지붕은
두둑 두드둑
큰북이 되고

아기 손 씻던
세숫대야 바닥은

도당도당 도당당
작은북이 된다.

앞마을 냇가에선
퐁퐁 포옹 퐁

뒷마을 연못에선
풍풍 푸웅 풍

외양간 엄마소도 함께
댕그랑 댕그랑

엄마 치마 주름처럼
산들 나부끼며
왈츠
봄의 왈츠
하루 종일 연주한다.

작품
속으로
봄비 소리를 다양한 악기 소리에 빗대어 표현한 작품입니다.
빗방울 하나하나가 자연과 어우러져 아름다운 교향곡을 만
들어 냅니다. "지붕"과 "세숫대야"가 "큰북", "작은북"이 되고, "냇가"
와 "연못", "외양간 엄마소"도 저마다의 선율을 내는 악기가 됩니다.
"두둑 두드둑", "도당도당 도당당", "퐁퐁 포옹 퐁", "풍풍 푸웅 풍",
"댕그랑 댕그랑". 교향악 악기 소리를 조용히 소리 내어 읽다 보면 귓
가에 빗소리가 들리는 듯 마음이 포근해집니다.

빗방울

서정숙

톡톡
튕기다

파르르
떨다가

쪼르르
달리다

주루룩
미끄럼

비 오는 날
차 창문은

물방울
놀이터

 달리는 차의 창문에 맺히는 빗방울의 움직임이 생동감 있는 의태어의 반복으로 표현됨으로써 신나게 뛰어노는 아이들을 바라보는 느낌이 듭니다. 시적 화자는 이러한 표현을 통해, 차의 창문을 금세 물방울의 놀이터로 탈바꿈시키고 있습니다.

여우비

박목월

땡볕 나는데도
오는 비
여우비

시집가는 꽃가마에
한 방울 오고,
뒤에 가는 당나귀에
두 방울 오고.

오는 비
여우비
쨍쨍 개었다.

작품 속으로
'여우비'는 '햇볕이 쨍쨍한 날에 잠깐 내리다 금방 그치는 비'를 말합니다. 화창한 날씨인 줄 알았는데 갑자기 비가 내려 봉변을 당한 듯한 기분을 여우에게 홀린 것 같다 하여 그렇게 이름 지어졌다 합니다. 혹은 '여우가 호랑이에게 시집가는 날 내리는 비'라는 속설이 전해져 그리 불렸다고도 하네요. 여우비가 내릴 때 꽃가마가 지나가는 모습을 그려 낸 시적 화자의 시선대로, "한 방울" "두 방울" 내리다 어느새 "쨍쨍 개"어 버리는 여우비를 맞는다고 상상하며 이 작품을 감상해 봅시다.

햇비

윤동주

아씨처럼 나린다
보슬보슬 햇비
맞아 주자 다 같이
옥수숫대처럼 크게
닷 자 엿 자 자라게
해님이 웃는다
나 보고 웃는다.

하늘 다리 놓였다
알롱알롱 무지개
노래하자 즐겁게
동무들아 이리 오나
다 같이 춤을 추자
해님이 웃는다
즐거워 웃는다.

햇비 '여우비'의 방언.
자 길이의 단위. 약 30.3cm에 해당함.

시적 화자는 '햇비'를 수줍은 듯 잠깐 나타났다가 금방 숨어 버리는 "아씨"에 비유하고 있습니다. 또 햇비를 맞고 무럭무럭 자라는 "옥수숫대"처럼 '햇비'를 맞는 아이들이 크게 자라도록 해님이 "웃는다"고 말합니다. 나아가 햇비가 그치면 곧잘 생기는 무지개를 "하늘 다리"에 비유함으로써, 햇비 그친 풍경을 감각적이고 구체적인 심상으로 그려 냅니다. 이 작품은 햇비를 맞는 아이들의 모습을 그린 1연과 무지개 아래에서 노래하고 춤추는 아이들의 모습을 담은 2연을 통해, 밝게 자라나는 아이들을 희망적으로 노래하고 있습니다. 맑고 순수한 감성으로 일제 강점기의 암울한 현실을 견뎌 나가려는 시인의 작품은 아름다운 서정 및 리듬감이 뛰어나 현대에 이르러 동요로도 만들어졌습니다.

나무

윤동주

나무가 춤을 추면
　　바람이 불고,
　나무가 잠잠하면
　　바람도 자오.

바람과 함께 춤추듯 흔들리는 나무의 모습이 눈앞에 그려지
는 작품입니다. 그런데 자세히 읽어 보면 표현이 독특합니
다. 나무가 바람에 이끌려 움직이는 것이 아니라, 나무의 움직임에 따
라 바람이 불었다가 잦아듭니다. 그렇게 읽고 나면, 화자가 말하는 나
무는 그저 바람에 이리저리 휩쓸리는 존재가 아니라, 굳센 의지를 갖
고 능동적으로 행동하는 존재처럼 느껴집니다. 상투적인 표현을 살짝
비트는 것만으로 깊은 울림을 준다는 점이 이 작품의 큰 매력으로 다
가옵니다.

반딧불

윤동주

가자 가자 가자
숲으로 가자
달 조각을 주우러
숲으로 가자.

  그믐밤 반딧불은
  부서진 달 조각,

가자 가자 가자
숲으로 가자
달 조각을 주우러
숲으로 가자.

 시적 화자는 "가자 가자 가자"고 거듭 외치며 숲으로 가고
자 하는 마음을 강조해서 드러냅니다. 숲에는 "달 조각을
주우러" 가려는 모양이네요. 화자가 그렇게도 줍고 싶어 하는 "달 조
각"은 바로 그믐날 밤 숲에서 만날 수 있는 "반딧불"이었습니다. 그
믐달이 저물기 직전, 마지막 빛을 반딧불로 남겨 세상에 내려보낸
것일까요? 그렇다면 화자가 주우러 가자는 "달 조각"은 아마 '희망'
의 다른 이름이 아닐까 합니다.

마음의 고향 4 - 가지 않은 길

이시영

내 생에 그런 기쁜 길이 남아 있을까
중학 1학년,
새벽밥 일찍 먹고 한 손엔 책가방,
한 손엔 영어 단어장 들고
가름젱이 콩밭 사잇길로 시오 리를 가로질러
읍내 중학교 운동장에 도착하면
막 떠오르기 시작한 아침 해에
함뿍 젖은 아랫도리가 모락모락 흰 김을 뿜으며 반짝이던,
간혹 거기까지 잘못 따라온 콩밭 이슬 머금은
작은 청개구리가 영롱한 눈동자를 이리저리 굴리며 팔짝 뛰어 달
아나던,
내 생에 그런 기쁜 길을 다시 한번 걸을 수 있을까?

 중학생이 되어 첫 등교를 할 때 느꼈던 기쁨을 그리워하며,
다시 그런 기쁨을 갖지 못할 것 같다는 아쉬움을 담은 작품
입니다. 이때 새 학년을 맞아 들뜬 기분과 앞날에 대한 희망 등은 "기
쁜 길"에 집약되어 있습니다. 어린 시절 새 날, 새 학년, 새 친구를 기
대하며 걸었을 시적 화자의 마음이 되어, 각자의 '마음의 고향'으로 새
겨진 길을 떠올려 봅시다.

아름다운 사람

나태주

아름다운 사람
눈을 둘 곳이 없다
바라볼 수도 없고
그렇다고 아니 바라볼 수도 없고
그저 눈이
부시기만 한 사람.

 '풀꽃 시인'이라 불리는 작가는 별 볼 일 없는 사물에 의미를
부여할 줄 아는 따뜻한 시선을 지녔습니다. 이 작품에서도
그저 "아름다운 사람"이 아니라 바라볼 수도, 아니 바라볼 수도 없이
눈부시게 아름다운 사람이라 말함으로써, '아름다운 사람'에 대한 따
뜻하고 깊은 시선이 느껴집니다.

별밤에

나태주

별빛이 소낙비처럼
쏟아지는 밤

굴참나무 잎새 두 개
따다가 귀에 대면

내 귀는 그대로
우주의 안테나

맑게 살리라
사랑하며 살리라

은하수 밖 태양계 밖
우주의 소리를 듣는다

그래 그래 그래
산들이 고개 끄덕여 주고

강물도 입술 반짝이며
엿듣고 있다

작품 속으로 새까만 밤하늘에 별들이 수놓인 밤, 시적 화자는 "굴참나무 잎새"를 따서 귀에 가만히 대 봅니다. 화자의 귀는 우주를 향해 열린 "안테나"가 됩니다. 그 안테나에 포착된 우주의 소리는 "맑게 살리라/사랑하며 살리라". 사실 이 소리는 그렇게 살고자 하는 화자의 내면에서 들려오는 것 아닐까요? 화자에게 고요한 밤은 온전히 자신에게 집중하며 삶을 성찰하는 시간을 마련해 주었습니다. 그리고 그런 화자의 마음에 공감한 듯 "산"은 고개를 끄덕이고 "강물"도 입술을 반짝이며 흘러갑니다.

바람이 좋은 저녁

곽재구

내가 책을 읽는 동안
새들은 하늘을 날아다니고
바람은 내 어깨 위에
자그만 그물 침대 하나를 매답니다

마침
내 곁을 지나가는 시간들이라면
누구든지 그 침대에서
푹 쉬어 갈 수 있지요

그중에 어린 시간 하나는
나와 함께 책을 읽다가
성급한 마음에 나보다도 먼저
책장을 넘기기도 하지요

그럴 때 나는
잠시 허공을 바라보다
바람이 좋은 저녁이군, 라고 말합니다
어떤 어린 시간 하나가
내 어깨 위에서

깔깔대고 웃다가 눈물 한 방울
툭 떨구는 줄도 모르고.

시적 화자가 책을 읽는 동안, 바람이 그 어깨 위에 "자그만
그물 침대 하나"를 매달아 줍니다. 이는 "내 곁을 지나가는
시간들이라면/누구든지" 쉬어 가도 되는 침대여서, 시를 감상하다 보
면 책장을 넘기는 정도의 아주 부드러운 바람이 좋게만 느껴지는 고
즈넉한 저녁이 떠오릅니다. 화려한 수사를 사용하지 않으면서도 고단
한 삶을 살갑게 어루만지는 시인의 서정적 태도가 웅숭깊게 느껴지는
작품입니다.

봄은 고양이로다

이장희

꽃가루와 같이 부드러운 고양이의 털에
고운 봄의 향기가 어리우도다.

금방울과 같이 호동그란 고양이의 눈에
미친 봄의 불길이 흐르도다.

고요히 다물은 고양이의 입술에
포근한 봄의 졸음이 떠돌아라.

날카롭게 쭉 뻗은 고양이의 수염에
푸른 봄의 생기가 뛰놀아라.

시적 화자는 부드러운 '고양이의 털'을 "꽃가루"에 비유하며
향기로운 봄을 얘기하고, 호동그란 '고양이의 눈'을 "금방울"
에 비유하며 약동하는 봄을 전하고 있습니다. 또 고요히 다문 '고양이
의 입술'을 나른한 봄과, 날카롭게 쭉 뻗은 '고양이의 수염'을 생기 있
는 봄과 각각 연결 짓고 있습니다. 이처럼 이 시는 고양이의 각 신체
부위를 다양한 소재와 연결하여, 봄의 다층적 아름다움을 감각적이고
섬세하게 포착하고 있습니다. 특히 '고양이'라는 예민한 감각을 지닌
동물을 주요 소재로 활용하여, 봄의 미묘한 변화를 감지하는 시인의
세심한 감수성을 드러냅니다. 또한 이 작품은 비슷한 문장 구조를 반
복함으로써, 고양이처럼 향기롭고 부드럽게 약동하는 봄날을 리듬감
있게 표현하고 있습니다.

길

김종상

길은 포도 덩굴
몇백 년이나 자라
땅덩이를 다 덮었다

이 덩굴 가지마다
포도송이 같은 마을이 있고
포도알 같은 집들이 달렸다

포도알이 늘 때마다
포도송이는 커 가고

갈봄 없이 자라 가는
이 덩굴을 통하여
사람과 사람이 도와 가고
마을과 마을은 이어져서

세계는 한 덩이 과일로
토실토실 익어 가고 있는 것이다.

사람들이 사는 세계를 포도라는 과일의 모습에 빗대어 표현
한 시입니다. '길'은 "포도 덩굴"로, '마을'은 "포도송이"로, '집'
은 "포도알"로 비유했습니다. 가을이든 봄이든 계절과 무관하게 퍼져
가는 포도 덩굴 덕분에 포도알과 포도송이는 서로 연결되어 성장합니
다. 그리고 "세계는 한 덩이 과일로/토실토실" 성숙해집니다. 덩굴을
따라 알알이 영글어 가는 포도처럼, 서로 교류하고 도우며 살아가는
사람들의 모습이 선명하게 그려집니다.

외인촌

김광균

하이얀 모색 속에 피어 있는
산협촌의 고독한 그림 속으로
파—란 역등을 단 마차가 한 대 잠기어 가고
바다를 향한 산마루 길에
우두커니 서 있는 전신주 위엔
지나가던 구름이 하나 새빨간 노을에 젖어 있었다

바람에 불리우는 작은 집들이 창을 내리고
갈대밭에 묻힌 돌다리 아래선
작은 시내가 물방울을 굴리고

안개 자욱—한 화원지(花園地)의 벤취 위엔
한낮에 소녀들이 남기고 간
가벼운 웃음과 시들은 꽃다발이 흩어져 있다

외인 묘지의 어두운 수풀 뒤엔
밤새도록 가느란 별빛이 내리고

공백한 하늘에 걸려 있는 촌락의 시계가
여윈 손길을 저어 열 시를 가리키면

날카로운 고탑(古塔)같이 언덕 위에 솟아 있는
퇴색한 성교당(聖敎堂)의 지붕 위에선

분수처럼 흩어지는 푸른 종소리

모색(暮色) 날이 저물어 가는 어스레한 빛.
산협촌(山峽村) 산골짜기에 있는 마을.
역등(驛燈) 정기적으로 여객이나 짐, 우편물 따위를 수송하던 역마차의 등.
외인 묘지(外人墓地) 외국인 묘지.

작품 속으로 '모든 시는 회화'라고 주장했던 시인은 도시적 감수성과 그 이미지를 극대화한 감각적 시어들을 사용하곤 했습니다. 이 작품에서도 그러한 시어들이 종종 등장하는데, "파—란 역등을 단 마차"와 "안개 자욱—한 화원지의 벤취", "공백한 하늘에 걸려 있는 촌락의 시계"와 "퇴색한 성교당" 등은 '외국인이 모여 사는 마을'인 외인촌 풍경을 그려 내기 부족함이 없는 시어들입니다. 이곳에 울리는 "푸른 종소리"는 청각적 이미지마저 회화적으로 시각화함으로써, 산골짜기 '산협촌'의 고독한 풍경화를 완성시킵니다.

샤갈의 마을에 내리는 눈

김춘수

샤갈의 마을에는 삼월에 눈이 온다.
봄을 바라고 섰는 사나이의 관자놀이에
새로 돋는 정맥이
바르르 떤다.
바르르 떠는 사나이의 관자놀이에
새로 돋은 정맥을 어루만지며
눈은 수천수만의 날개를 달고
하늘에서 내려와 샤갈의 마을의
지붕과 굴뚝을 덮는다.
삼월에 눈이 오면
샤갈의 마을의 쥐똥만 한 겨울 열매들은
다시 올리브빛으로 물이 들고
밤에 아낙들은
그해의 제일 아름다운 불을
아궁이에 지핀다.

관자놀이(貫子ーー) 귀와 눈 사이의 맥박이 뛰는 곳. 그곳에서 맥박이 뛸 때 관자가
움직인다는 데서 나온 말임.

러시아 태생의 프랑스 화가인 마르크 샤갈이 그린 〈나와 마을〉에서 영감을 얻어 쓴 작품으로, 3월에 '눈 내리는 마을'의 정경을 차분하게 그리고 있습니다. '눈'과 대비되는 색채를 띠는 '정맥', '불' 등이 등장함으로써, 눈이 내림에도 불구하고 생동감 있는 봄의 이미지가 함께 펼쳐지고 있습니다.

별처럼 꽃처럼

오세영

교실은 온통 별밭이다.
초롱초롱 반짝이는 너희들의 눈
별 하나의 꿈,
별 하나의 희망,
별 하나의 이상,

교실은 흐드러진 장미밭이다.
까르르 웃는 너희들의 웃음
장미 한 송이의 사랑,
장미 한 송이의 열정,
장미 한 송이의 순결,

교실은 향긋한 사과밭이다.
수줍게 피어나는 너희들의 볼
사과 한 알의 보람,
사과 한 알의 결실,
사과 한 알의 믿음,

교실은 찬란한 보석밭이다.
너희들의 빛나는 이마

이름을 부르면 하나씩 깨어나는
사파이어,
에메랄드,
다이아몬드,

아, 너희들은 영원히 빛나는
별밭이다.
꽃밭이다.

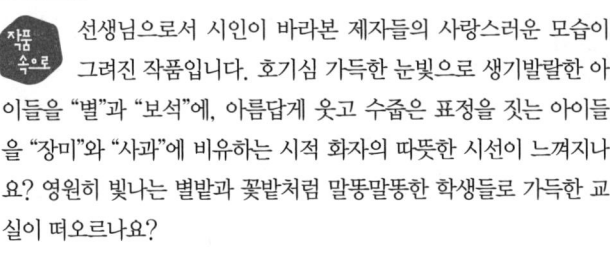

작품
속으로 　선생님으로서 시인이 바라본 제자들의 사랑스러운 모습이
그려진 작품입니다. 호기심 가득한 눈빛으로 생기발랄한 아
이들을 "별"과 "보석"에, 아름답게 웃고 수줍은 표정을 짓는 아이들
을 "장미"와 "사과"에 비유하는 시적 화자의 따뜻한 시선이 느껴지나
요? 영원히 빛나는 별밭과 꽃밭처럼 말똥말똥한 학생들로 가득한 교
실이 떠오르나요?

유성

오세영

밤하늘은
별들의 운동장
오늘따라 별들 부산하게 바자닌다.
운동회를 벌였나
아득히 들리는 함성,
먼 곳에서 아슴푸레 빈 우렛소리 들리더니
빗나간 야구공 하나
쨍그랑
유리창을 깨고
또르르 지구로 떨어져 구른다.

바자니다 '바장이다'의 옛말. 부질없이 짧은 거리를 오락가락 거닐다.

 별들이 떠 있는 '밤하늘'을 "운동장"에 빗대고 그 별들 사이로 떨어지는 '유성'의 모습을 "야구공"에 빗댐으로써, 하늘을 긋듯이 떨어지는 유성에 대한 참신하고도 생생한 시선이 돋보입니다. 마치 운동회를 벌이고 함성을 내지르는 듯한 별들의 잔치에 초대된 듯합니다. "쨍그랑/유리창을 깨고/또르르 지구로 떨어져 구른다."는 청각적이고도 시각적인 심상으로 잔치는 더욱 야단스러워집니다.

북

최승호

고래들이 꼬리를 들어
바다를 친다
탕 탕 탕
바다가 커다란 북이다

하늘에서는 천둥이 친다
쾅 콰앙 쾅
하늘이 커다란 북이다

내 가슴에서는 심장이 뛴다
쿵 쿵 쿵
가슴이 북이다

의성어를 사용하여 생동감이 느껴지는 이 작품에서 "바다"와 "하늘"과 "가슴"은 '북'에 비유됩니다. 즉 "바다"에서는 "고래"가, "하늘"에서는 "천둥"이, "내 가슴"은 "심장"이 각각 북채가 되어 북을 두드리듯 탕탕거리고 쾅쾅거리며 쿵쿵거린다는 비유가 재미납니다. 이로써 그 이미지가 선명하게 떠오르고, 자연의 역동성과 경쾌함이 느껴집니다.

코뿔소

최승호

그렇소
나는 코뿔소
코에 뿔이 났소
창 같지 않소
멋지지 않소
그렇소
나는 코뿔소
내 가죽은 갑옷처럼 튼튼해요
무장한 무사 같지 않소
무섭지 않소
얼른 길을 비키시오

무사(武士) 무예를 익히어 그 방면에 종사하는 사람.

메아리

최승호

망치처럼 나무를 두드리던
　딱따구리야 어딨니이
　　따구리야 어딨니이
　　　구리야 어딨니이
　　　　리야 어딨니이
　　　　　야 어딨니이
　　　　　　어딨니이
　　　　　　　딨니이
　　　　　　　　니이
　　　　　　　　　이

> **작품 속으로** 〈코뿔소〉는 코뿔소를 소재로, 그 이름에서 연상되는 어감을 동물의 외양과 연관 지어 재치 있게 표현한 작품입니다. 끝말의 추임('소')을 반복함으로써 리듬감이 느껴지고 랩을 읊을 때처럼 흥겨움이 살아 있는 작품입니다. 한편, 〈메아리〉는 "망치처럼 나무를 두드리던/딱따구리"를 찾는 시적 화자의 목소리가 메아리처럼 커졌다 작아지고 있습니다. 말과 말의 결합으로 생겨나는 기발함에 착안하여, 우리말이 갖는 다양한 느낌을 '말놀이 동시'로 만든 작가의 작품들입니다.

엄마야 누나야

김소월

엄마야 누나야 강변 살자.
뜰에는 반짝이는 금모랫빛
뒷문 밖에는 갈잎의 노래
엄마야 누나야 강변 살자.

 시 전체가 순수한 소년의 노래처럼 들립니다. 시작과 끝이
반복되는 구절에서 시적 화자의 바람이 더욱 뚜렷하게 드러
납니다. 시적 화자가 살고 싶어 하는 "강변"은 뜰에는 금빛 모래가 반
짝이고, 뒷문에는 가랑잎이 바람에 스쳐 노래를 부르는 한적하고 평
화로운 공간입니다. 그러나 그곳은 마치 닿을 수 없는 이상향처럼 느
껴져, 어딘가 서러운 마음이 동시에 느껴지기도 합니다.

콩, 너는 죽었다

김용택

콩 타작을 하였다
콩들이 마당으로 콩콩 뛰어나와
또르르 또르르 굴러간다
콩 잡아라 콩 잡아라
굴러가는 저 콩 잡아라
콩 잡으러 가는데
어, 어, 저 콩 좀 봐라
쥐구멍으로 쏙 들어가네

콩, 너는 죽었다

타작(打作) 곡식의 이삭을 떨어서 낟알을 거두는 일.

 "자연이 하는 말을 받아쓰니, 시인이 되었다."라고 말하는 섬
진강 시인 김용택의 대표 동시입니다. 어려운 말 하나 없이
유쾌하고 간결하게 콩의 생애를 묘사했습니다. "또르르 또르르" 구르
다 "쥐구멍으로 쏙" 들어간 콩은 어떻게 되었을까요?

2부

사금처럼
반짝이는 시

풀꽃·1

나태주

자세히 보아야
예쁘다

오래 보아야
사랑스럽다

너도 그렇다

작품 속으로 이 작품은 작가가 초등학교 교장 선생님이던 시절, 아이들에게 풀꽃 그리는 법을 가르치며 들려준 말을 그대로 옮긴 시입니다. 시인은 이 시에서 가장 감동을 주는 표현으로 마지막 문장 "너도 그렇다"를 꼽습니다. '나'가 아닌 '너'를 향한 관심이 중요하다는 의미입니다. 시인의 말처럼, 들판에 피어 있는 이름 없는 풀꽃은 "자세히 보"고 "오래 보아" 줄 때 비로소 그 아름다움과 사랑스러움을 발견할 수 있습니다. 이와 마찬가지로 우리 주변의 평범하고 무심코 지나치기 쉬운 존재들도 마음을 다해 바라볼 때, 그들만의 특별함을 느낄 수 있을 것입니다.

사랑에 답함

나태주

예쁘지 않은 것을 예쁘게
보아 주는 것이 사랑이다

좋지 않은 것을 좋게
생각해 주는 것이 사랑이다

싫은 것도 잘 참아 주면서
처음만 그런 것이 아니라

나중까지 아주 나중까지
그렇게 하는 것이 사랑이다.

> **작품 속으로** 이 시의 화자는 사랑이란 결국 있는 그대로를 받아들이고, 부족함마저도 따뜻한 시선으로 감싸 주는 마음이라고 말합니다. 단순한 호감이나 순간의 감정이 아니라, "아주 나중까지" 지속되는 이해와 인내가 진짜 사랑이라는 화자의 말이 담백하면서도 깊은 울림을 줍니다.

하늘의 별 따기

나희덕

— 엄마, 저 별 좀 따 주세요.

저기, 저 별 말이지?
초승달 가장 가까이서 반짝이는 별.

물론 따 줄 수는 있어.
나무 열매를 따듯
또옥, 별을 따 줄 수는 있어.

그런데 말야.
하늘에 저렇게 별이 많은 건
사람들이 참았기 때문이야.
따고 싶어도 모두들 꾹 참았기 때문이야.

— 그래도 하나만 따 주세요.

지금부터 눈을 꼬옥 감고 열을 세렴.
엄만 다 방법이 있거든.

— 하나, 두울, 셋, 넷, 다섯, 여섯, 일곱, 여덟, 아홉, 열!

이제 눈을 떠 봐.
자아, 별!

— 에이, 이건 돌이잖아요.

거봐, 별은 땅에 내려오는 순간
이렇게 시들어 버리지.

별을 손에 쥐고 싶어도
사람들이 참고 또 참는 것은 그래서란다.

작품
속으로 로알드 달의 소설 《찰리와 초콜릿 공장》에는 원하는 것은
무엇이든 손에 넣으려는 소녀가 등장합니다. 하지만 막상
소녀의 손에 들어온 물건들은 금세 제 가치를 잃고 무의미해집니
다. 소녀는 곧 흥미를 잃고 또 다른 물건에 욕심을 부립니다. 이 시
를 읽으면 소녀처럼 소유하는 데에만 집착하는 사람들이 떠오릅니
다. 시적 화자는 별을 따 달라고 엄마에게 조르는 어린아이입니다.
하지만 하늘에서 반짝이던 "별"은 땅에 떨어지는 순간 "돌"로 시들
어 버릴 뿐이지요. 화자의 엄마는 어떤 대상은 제자리에 있을 때에
야 비로소 아름답고 의미 있음을 부드럽게 일깨워 줍니다.

사랑하는 별 하나

이성선

나도 별과 같은 사람이
될 수 있을까.
외로워 쳐다보면
눈 마주쳐 마음 비춰 주는
그런 사람이 될 수 있을까.

나도 꽃이 될 수 있을까.
세상일이 괴로워 쓸쓸히 밖으로 나서는 날에
가슴에 화안히 안기어
눈물짓듯 웃어 주는
하얀 들꽃이 될 수 있을까.

가슴에 사랑하는 별 하나를 갖고 싶다.
외로울 때 부르면 다가오는
별 하나를 갖고 싶다.

마음 어두운 밤 깊을수록
우러러 쳐다보면
반짝이는 그 맑은 눈빛으로 나를 씻어

길을 비추어 주는
그런 사람 하나 갖고 싶다.

작품
속으로

어두운 밤길을 혼자 걸어간다고 상상해 봅시다. 우연히 하늘을 올려다보았는데 반짝이는 별 하나가 나를 바라봐 준다면 그보다 더 큰 위안이 있을까요? 이 시의 화자는 어둠을 밝혀 준 별처럼, 누군가의 외로운 마음을 비추어 줄 "별과 같은 사람"이 되기를 바랍니다. 화자가 되고 싶은 사람은 "하얀 들꽃" 같은 사람이기도 합니다. 화자는 들꽃처럼 평범하지만 순수한 마음으로 누군가에게 위로가 되는 사람이 되고자 합니다. 화자의 다음 소망은 "가슴에 사랑하는 별 하나를 갖"는 것입니다. 그리고 어두운 마음을 비추어 주는 별과 같은 사람을 갖고 싶다고도 말합니다. 내가 누군가에게 위안이 되어 주었듯, 누군가가 자신을 위로해 주길 바라는 소망이 구체적으로 드러납니다. 서로가 서로를 보듬고, 의미 있는 존재가 되어 주는 삶에 대한 소망이 담긴 따스한 작품입니다.

세상에서 가장 따뜻했던 저녁

복효근

어둠이 한기처럼 스며들고
배 속에 붕어 새끼 두어 마리 요동을 칠 때

학교 앞 버스 정류장을 지나는데
먼저 와 기다리던 선재가
내가 멘 책가방 지퍼가 열렸다며 닫아 주었다.

아무도 없는 집 썰렁한 내 방까지
붕어빵 냄새가 따라왔다.

학교에서 받은 우유 꺼내려 가방을 여는데
아직 온기가 식지 않은 종이봉투에
붕어가 다섯 마리

내 열여섯 세상에
가장 따뜻했던 저녁

작품
속으로 춥고 배고프고 외로웠던 열여섯 '나'의 저녁을 따스한 온기로
채워 준 것은 친구 선재가 가방 안에 아무 말 없이 넣어 둔
붕어빵 한 봉지였습니다. 진정한 행복은 나누는 마음속에 깃든다고
합니다. 그날은 '나'뿐만 아니라, 친구를 위해 "온기가 식지 않은" 붕
어빵을 나눠 준 선재에게도 "세상에서 가장 따뜻했던 저녁"이 되었을
것입니다. 올겨울 길을 가다 고소한 붕어빵 냄새를 맡게 된다면, 작은
배려로 '나'의 외로움을 따뜻하게 위로해 주었던 선재의 마음이 떠오
를 것 같습니다.

빗길

성명진

친구의 우산을 함께 쓰고 왔다.

미안해서
내가 비를 더 맞으려고
어깨를 우산 밖으로 내놓으면
친구가 우산을 내 쪽으로
더 기울여 주었다.

빗속을
우리는 나란히 걸었다.

좁은 길에선 일부러
내가 빗물 고인 자리를 디뎠다.
그걸 알았는지 친구는 나를
제 쪽으로 가만히 당겨 주는 것이었다.

작품 속으로 비 오는 날, 우산 아래서 두 친구의 우정이 여물어 갑니다. 친구의 우산을 얻어 쓰느라 미안했던 '나'는 "어깨를 우산 밖으로 내놓"지만, 친구는 '나'가 비를 더 맞는 일을 허락하지 않습니다. 이렇게 두 사람은 빗길을 나란히 걸으며 무언의 배려를 시작하죠. 우산의 기울기로, 젖은 어깨로, 더 험한 자리를 디디는 발걸음으로, 조심스레 끌어당기는 손짓으로. 두 사람이 주고받는 배려는 말보다 깊고 조용하게 마음에 스며듭니다. 손해 볼 일은 절대 하지 않는 친구들이 많아진다는 요즘, 우산 하나를 나눠 쓰며 서로를 배려하는 두 친구의 마음이 아름답게 느껴집니다.

비스듬히

정현종

생명은 그래요.
어디 기대지 않으면 살아갈 수 있나요?
공기에 기대고 서 있는 나무들 좀 보세요.

우리는 기대는 데가 많은데
기대는 게 맑기도 하고 흐리기도 하니
우리 또한 맑기도 하고 흐리기도 하지요.

비스듬히 다른 비스듬히를 받치고 있는 이여.

 부사인 '비스듬히'를 제목으로 삼은 점이 인상적입니다. 그다
음으로는 '사람 인(人)' 자가 떠오릅니다. 두 획이 서로 비스
듬히 기대고 있는 모습으로, 사람은 서로가 서로에게 의지하며 살아
가야 함을 온전히 드러내는 글자입니다. 시인은 이 작품에 대해 "한마
디 말이든 무슨 물건이든 또는 사람이든 기대지 않고는 삶이 진행되
지 않는다."라고 말했습니다. 이처럼 이 작품은 인간의 본질이란 결국
서로 기대고 기대게 되는, 그 따뜻한 불완전함에 있음을 조용히 일러
주는 시입니다.

북어

배우식

   사람한테 잡혀가도 입을 크게 벌리고만 있으면 산다고 아버지한테 귀 닳도록 들었습니다 사람한테 잡혀가도 눈을 크게 부라리고만 있으면 사람들이 겁먹고 도망간다고, 눈을 똑바로 뜨고만 있으면 사람들이 무서워서 벌벌 떨며 도망간다고 아버지한테 귀 빠지게 들었습니다 잘 보이지는 않지만, 눈 하나 깜빡대지 않고 크게 뜨고 있는 내가 무섭지요 벌벌 떨리지요?

> **작품 속으로** 시적 화자로 등장하는 북어는 입을 크게 벌리고 혹은 눈을 크게 부라리고 있으면 사람들이 겁을 먹고 도망간다던 아버지의 말씀을 떠올리고 있습니다. 하지만 이미 "눈 하나 깜빡대지 않고 크게 뜨고 있는 내" 모습은 대구과의 바닷물고기인 명태를 잡아 말린, 죽어 있는 북어일 뿐입니다. 부질없는 위협으로 허세를 부리는 북어의 목소리를 통해, 그와 유사한 세태를 풍자하고자 하는 시인의 마음이 들립니다.

비린내라뇨!

함민복

우리들한테
비린내 난다고 하지 마세요

코 막지 마세요

우리도 피부를 보호하기 위해
미끄러운 피부, 거친 피부
다 특성에 따라
정성 들여 화장한 거예요

이렇게
향기가 다양한 걸
무조건 다 비린내라뇨!

이건, 정말
언어폭력이에요

– 물고기 일동

바다 생물인 물고기의 입장에서 스스로를 표현한 작품으로,
다른 관점에서 사물을 바라봄으로써 그에 대한 이해를 높
이는 작가의 시도가 놀랍습니다. 이처럼 세상의 모든 것들을 우리의
입장에서가 아니라 상대의 입장에서 바라보면, 우리의 이해와 사고
의 폭도 좀 더 확장되어 조화로운 세상을 누릴 수 있습니다.

딸기

이재무

오십 리 길 짐차에 실려 왔어유

멀미도 가시기 전에

낯선 거리 쏴댕기면서

지 몸 살 사람 찾고 있지유

목마름은 이냥저냥 견딜 수 있슈

헌디, 볼기짝 쥐어뜯으며

살결이 거칠다느니

단맛이 무르다느니 허진 말어유

지 몸이 그냥 지 몸인가유

이만한 몸뗑이 하나 살리기 위해서도

하느님 손 농부 손 고루 탔어유

그러니께 지폐 한 장으루다

우리 식구 사돈에 팔촌까지 두루 사 가는 선상님들

몸값이나 후하게 쳐주셔야겠슈

볼기짝 '볼기'를 낮잡아 이르는 말.
무르다 물기가 많아서 단단하지 않다.
후하다 마음 씀씀이나 태도가 너그럽다.

이 작품의 시적 화자는 '딸기'이지만, 어쩐지 농부의 목소리를 직접 듣고 있는 느낌입니다. 이것저것 따져 딸기를 사는 "낯선 거리" 사람에게 직접 타박하지 못하는 농부의 목소리 말입니다. 구수한 충청도 지역 방언으로 잘 무르는 딸기 농사의 고달픔을 전하면서 제값을 쳐서 사 달라 재치 있게 말하는 목소리가 '딸기'인지, '농부'인지, 아니면 시인인지를 귀담아 들어 봅시다.

그림자

문삼석

난 꼬마도 될 수 있고
엄청난 거인도 될 수 있다.
아파트 벽쯤 단숨에 오르고
물 위로 벌렁 누울 수도 있다.
하지만 난
혼자서는 안 논다.
꼭꼭 누구랑 같이 논다.
누구가 누구냐구?
바로 너지 누구야.
언제나 너를 따라
함께 노는 나.
그럼 난 누구게?

 혼자 있어 외로운 아이와 놀아 주는 '나'는 꼬마가 될 수도 있고 거인이 될 수도 있으며 "아파트 벽쯤 단숨에" 오르는 초능력자가 될 수도 있습니다. 시적 화자는 그림자를 의인화하여, 외로운 아이들을 보듬고 따뜻하게 위로하고픈 마음을 전하고 있습니다.

귀뚜라미에게 받은 짧은 편지

정호승

울지 마
엄마 돌아가신 지
언제인데
너처럼 많이 우는 애는
처음 봤다
해마다 가을날
밤이 깊으면
갈댓잎 사이로 허옇게
보름달 뜨면
내가 대신 이렇게
울고 있잖아

작품
속으로

가을 깊은 밤 울어 대는 귀뚜라미를 통해 돌아가신 엄마를
그리워하는 시적 화자의 마음이 고스란히 드러나 있는 작품
입니다. 엄마가 돌아가신 지 한참이 지났지만, 떠올릴 때마다 슬퍼
지는 시적 화자. 그 마음을 가장 효과적으로 전달하는 귀뚜라미 울
음 덕분에, 가을밤 보름달 뜰 때마다 시적 화자는 속 시원하게 울어
봅니다.

박각시 오는 저녁

백석

당콩밥에 가지냉국의 저녁을 먹고 나서
바가지꽃 하이얀 지붕에 박각시 주락시 붕붕 날아오면
집은 안팎 문을 횅하니 열젖기고
인간들은 모두 뒷등성으로 올라 멍석자리를 하고 바람을 쐬이
는데
풀밭에는 어느새 하이얀 대림질감들이 한불 널리고
돌우래며 팟중이 산 옆이 들썩하니 울어 댄다.
이리하여 한울에 별이 잔콩 마당 같고
강낭밭에 이슬이 비 오듯 하는 밤이 된다.

당콩밥 강낭콩을 넣어 지은 밥.
한불 일정한 범위나 공간에 사람이나 물건 등이 쭉 널려 있는 모양.
팟중이 '팥중이'의 북한어. 메뚜깃과의 곤충.

표준어로 감상하기

당콩밥에 가지냉국의 저녁을 먹고 나서
박꽃 하이얀 지붕에 박각시 주락시 붕붕 날아오면
집은 안팎 문을 훵하니 열어젖히고
인간들은 모두 뒷등성이로 올라 멍석자리를 하고 바람을 쏘이는데
풀밭에는 어느새 하이얀 다림질감들이 하나 가득 널리고
땅강아지며 팥중이 산 옆이 들썩하니 울어 댄다
이리하여 하늘에 별이 팥 마당 같고
옥수수밭에 이슬이 비 오듯 하는 밤이 된다.

작품 속으로 가지냉국과 강낭콩밥으로 저녁을 먹고 나니, 박꽃 주위로 나방의 일종인 박각시와 주락시가 날아듭니다. 사람들은 문을 열고 마을의 뒷등성이로 올라갑니다. 그곳에서 멍석자리를 하고 더위를 식히는 와중에 별은 지천이요, 이슬은 비 오듯 맺히는 아름다운 광경이 펼쳐집니다. 자연과 소통하며 살아가는 인간의 자세에 대해 강조하고 있는 이 작품은, 평안도 방언을 비롯해 고어(古語)와 여러 지역의 토착어를 사용함으로써 한국의 토속적 세계를 형상화하는 데 기여했다고 평가받는 시인의 대표작입니다.

고향

백석

나는 북관(北關)에 혼자 앓아누워서

어느 아츰 의원을 뵈이었다

의원은 여래(如來) 같은 상을 하고 관공(關公)의 수염을 드리워서

먼 옛적 어느 나라 신선 같은데

새끼손톱 길게 돋은 손을 내어

묵묵하니 한참 맥을 짚더니

문득 물어 고향이 어데냐 한다

평안도 정주라는 곳이라 한즉

그러면 아무개 씨 고향이란다

그러면 아무개 씰 아느냐 한즉

의원은 빙긋이 웃음을 띠고

막역지간이라며 수염을 쓴다

나는 아버지로 섬기는 이라 한즉

의원은 또다시 넌즈시 웃고

말없이 팔을 잡어 맥을 보는데

손길은 따스하고 부드러워

고향도 아버지도 아버지의 친구도 다 있었다

아츰 '아침'의 방언.
막역지간(莫逆之間) '서로 거스르지 않는 사이'라는 뜻으로, 허물이 없는 아주 친한
사이를 이르는 말.

작품
속으로 "북관(함경도)"이라는 낯선 곳에서 병을 앓다 찾아간 의원을
통해 정든 고향을 떠올렸던 시인의 경험을 다룬 작품입니
다. 시적 화자는 자신과 같은 고향을 둔 "아무개 씨"를 매개로, 의원
의 손길이 더욱 "따스하고 부드러워/고향도 아버지도 아버지의 친구
도 다 있었다"라고 느낍니다. 시인에게 '고향'은 과거의 '조화로운 삶
의 공간'이기도 해서 편안하게 다가옵니다. "고향"과 '그곳에 두고 온
가족'을 그리워하는 시적 화자의 입장이 되어 작품을 감상해 봅시다.

고향

정지용

고향에 고향에 돌아와도
그리던 고향은 아니러뇨.

산꿩이 알을 품고
뻐꾸기 제철에 울건만,

마음은 제 고향 지니지 않고
머언 항구로 떠도는 구름.

오늘도 뫼 끝에 홀로 오르니
흰 점 꽃이 인정스레 웃고,

어린 시절에 불던 풀피리 소리 아니 나고
메마른 입술에 쓰디쓰다.

고향에 고향에 돌아와도
그리던 하늘만이 높푸르구나.

작품 속으로 작품 속 고향은 여전히 "산꿩이 알을 품고/뻐꾸기 제철에 울"고 있지만, 어쩐지 시적 화자가 어린 날 마음에 품었던 그 고향만큼 살갑지는 않습니다. 왜 그럴까요? 시인이 이 작품을 발표했던 시기가 일제 강점기인 1932년이었음을 떠올려 보면 시적 화자의 마음이 어느 정도 헤아려집니다. 국권을 상실한 조국의 '고향'은 시적 화자에게 예전만 못한 메마른 땅이어서, 상실감과 쓸쓸함이 느껴집니다.

민지의 꽃

정희성

강원도 평창군 미탄면 청옥산 기슭
덜렁 집 한 채 짓고 살러 들어간 제자를 찾아갔다
거기서 만들고 거기서 키웠다는
다섯 살배기 딸 민지
민지가 아침 일찍 눈 비비고 일어나
저보다 큰 물뿌리개를 나한테 들리고
질경이 나싱개 토끼풀 억새……
이런 풀들에게 물을 주며
잘 잤니, 인사를 하는 것이었다
그게 뭔데 거기다 물을 주니?
꽃이야, 하고 민지가 대답했다
그건 잡초야, 라고 말하려던 내 입이 다물어졌다
내 말은 때가 묻어
천지와 귀신을 감동시키지 못하는데
꽃이야, 하는 그 애의 말 한마디가
풀잎의 풋풋한 잠을 흔들어 깨우는 것이었다

작품
속으로 강원도에 살고 있는 제자를 찾아간 시인은 제자의 아이인
"민지"와 대화를 나누다, 사소하고 보잘것없는 잡초에 대한
어린아이의 남다른 시선과 마주합니다. 어린아이의 풋풋한 시선과
시적 화자의 진부해진 태도가 대비되면서, 때 묻지 않은 순수함에
대한 동경을 불러일으키는 작품입니다.

시 창작 시간

조향미

오늘은 우리도 짧은 시 한 편 써 보자
그동안 배운 비유와 상징 이미지도
때깔 좋게 버무려 맛있는 시를 빚어 보렴
말 끝나기도 전에 으아—
인상 찌푸리며 비명 질러 대던 아이들은
시제 두어 개를 칠판에 써 놓으니
금방 연필 들고 공책 위에 납작 몸을 낮춘다
먹이 앞에 순해지는 강아지처럼
소풍날 보물찾기 나선 꼬마들처럼
녀석들이 이제 무얼 찾아 들고 나타날까
갓 피어난 별꽃 한 점일까
오래전에 잃어버린 무지갯빛 구슬일까
짐짓 가려 둔 흉터일까
이마 짚고 턱 괴며 골똘한 얼굴들
교실에는 아련한 눈빛으로 팔랑팔랑
시의 꽃가루를 찾는 나비도 몇 마리 있다
물론, 선뜻 씹히지 않는 생의 먹잇감에
끙끙대며 씨름하는 강아지들이 더 많다
만지작거리다 밀어 놓은 언어의 허물

책상 위에 지우개 가루만 소복이 쌓인다
그 속에 ˙사금처럼 시가 반짝이고 있다

때깔 눈에 선뜻 드러나 비치는 맵시나 빛깔.
시제(詩題) 시의 제목이나 제재.
사금(沙金/砂金) 물가나 물 밑의 모래 또는 자갈 속에 섞인 금.

> **작품 속으로** 이 작품의 시적 화자는 시 쓰기 수업을 하는 국어 선생님입니다. 시제를 받고 시를 쓰고자 애쓰는 학생들을 "강아지", "나비" 등에 비유하는 시적 화자의 시선에 선생님으로서의 애정이 듬뿍 묻어납니다. 또 학생들이 삶 속에서 느낀 점을 진솔하게 담아내는 시야말로 반짝이는 "사금" 같다는 표현을 통해, 시 창작에 대한 시인의 태도도 드러납니다. 성장하는 아이들과 함께 소중한 것을 발견하고 공감하는 기쁨을 누렸던 시인의 따뜻한 시선이 느껴지는 작품입니다.

오—매 단풍 들겄네

김영랑

'오—매 단풍 들겄네'
장광에 골 붉은 감잎 날아와
누이는 놀란 듯이 치어다보며
'오—매 단풍 들겄네'

추석이 내일모레 기둘리리
바람이 잦이어서 걱정이리
누이의 마음아 나를 보아라
'오—매 단풍 들겄네'

 누이가 장독대(장광)에 나갔다가 붉게 물든 감잎이 날아드는
것을 발견하곤 가을이 닥쳤음에 놀라워하는 모습을, 눈앞에
그린 듯 표현한 작품입니다. 이제 곧 곡식을 수확할 추석이 다가오는
데 바람이 잦아 근심에 빠지는 누이를 바라보던 시적 화자는, 그런 걱
정일랑 접어 두고 순간 머물고 떠날 가을의 정경을 마음껏 즐기라 말
하고 있습니다. 전라도 사투리로 표현한 시어들로 향토적 정서가 물
씬 느껴지는 작품입니다.

유년의 날

허영자

또랑가에 버들강생이
몽오리 부풀더이
참꽃 개꽃 뒤를 이어
복사꽃도 필락칸다

힝이야
보리는 고개를 숙일 듯 말 듯이
거섶죽도 다 못 채운
허기진 진진 봄날

북망산천 북망산천
꽃생이 나갈 때마다
정지문 붙잡고 서서
설비 울던 형이야

저 건너 동네에선
꽹매기 치는 소리
사람들은 흰옷 입고
횃체 가는 갑는데

공굴 다리 아래
거적대기 움막 속엔
눈물 번들번들
문딩이가 울고 있다.

표준어로 감상하기
개울가에 버들강아지
몽우리 부풀더니
진달래 철쭉 뒤를 이어
복숭아꽃도 피려 한다

언니야
보리는 고개를 숙일 듯 말 듯이
나물죽도 다 못 채운
허기진 긴긴 봄날

북망산천 북망산천
꽃상여 나갈 때마다
부엌문 붙잡고 서서
섧게 울던 언니야

저 건너 동네에선
꽹과리 치는 소리
사람들은 흰옷 입고
놀이 가는 것 같은데

콘크리트 다리 아래
거적 움막 속엔
눈물 번들번들
문둥이가 울고 있다.

 6·25 전쟁을 겪었던 시인. 그 어린 날 변변치 않은 나물죽으
로 배를 채웠던 허기진 기억을 처연하게 표현한 작품입니다.
꽹과리를 치며 흰옷을 입고 놀이 가는 모습과 대비되는 움막 속 문둥
이의 울음, 꽃이 만발해 화려한 봄날과 대비되는 가난, 그 가난했던
어린 날이 선연히 떠올라 가슴이 아립니다.

제주 잠녀

김광렬

바당 한가운디 피어나는 꽃,
저 꽃이 아름답다

뼈마디
바농으로 쑤시듯 아파도
해삼 전복 캐래 간다

오늘도 거친 물속
태왁에 몸 기대고
호오이 호오이 토해 내는 힘겹고도 애잔한 숨비소리

우리 어멍도 잠녀였다
잠녀 아닌 여청네 갯끄티서 살기 어려웠다
지금은 늑신네 잠녀들만 가마우지처럼 옹기종기 모여 물질햄
주만
제주 잠녀들이 우리를 키워 냈다
눈물 숭숭 박힌 한숨이 고통이 뚝심이
우렁우렁 제주 섬을 키워 냈다

바당 한가운디 •서슴서슴 피어나는 꽃,
•검질긴 그 삶이
면도날 스미듯 가슴 아리다

태왁 '테왁'이 올바른 표현. 박의 씨 통을 파내고 구멍을 막아서 해녀들이 작업할
때 바다에 가지고 가서 타는 물건.
숨비소리 해녀들이 바닷속에 들어가서 해산물을 따다가 물밖으로 나오면서 내뿜
는 휘파람과 같은 소리.
잠녀 바닷속에 들어가 해삼, 전복, 미역 따위를 따는 것을 직업으로 하는 여자.
해녀.
우렁우렁 소리가 매우 크게 울리는 모양.
서슴서슴 말이나 행동을 선뜻 결정하지 못하고 자꾸 머뭇거리는 모양.
검질기다 성질이나 행동이 몹시 끈덕지고 질기다.

표준어로 감상하기
바다 한복판에 피어나는 꽃,
저 꽃이 아름답다

뼈마디
바늘로 쑤시듯 아파도
해삼 전복 캐러 간다

오늘도 거친 물속
태왁에 몸 기대고
호오이 호오이 토해 내는 힘겹고도 애잔한 숨비소리

내 어머니도 잠녀였다
잠녀 아닌 여인네 바닷가에서 살기 어려웠다
지금은 늙은이 잠녀들만 가마우지처럼 옹기종기 모여 물질하지만,
제주 잠녀들이 우리를 키워 냈다
눈물 숭숭 박힌 한숨이 고통이 뚝심이
우렁우렁 제주 섬을 키워 냈다

바다 한복판에 서슴서슴 피어나는 꽃,
검질긴 그 삶이
면도날 스미듯 가슴 아리다

작품 속으로 작품의 소재인 제주 잠녀, 즉 해녀는 예로부터 땅이 척박해 농사보다는 전복과 소라 등 해산물 수확이 유리했던 제주 민생의 삶을 지탱해 주었습니다. 역사적 아픔을 많이 겪었던 제주에서 그녀들의 물질로 키워졌던 시인에게 해녀들은 "꽃"으로 보입니다. "바당", 즉 바다 한가운데에서 숨비소리를 토하는 그 꽃들의 삶이 가슴 아리게 다가오는 시인의 마음을 헤아리며 작품을 감상해 봅시다.

배꼽을 위한 연가 5

김승희

인당수에 빠질 수는 없습니다
어머니,
저는 살아서 시를 짓겠습니다

공양미 삼백 석을 구하지 못하여
당신이 평생을 어둡더라도
결코 인당수에 빠지지는 않겠습니다.
어머니,
저는 여기 남아 책을 보겠습니다

나비여,
나비여,
애벌레가 나비로 날기 위하여
누에고치를 버리는 것이
죄입니까?
하나의 알이 새가 되기 위하여
껍질을 부수는 것이
죄일까요?

그 대신 점자책(點字冊)을 사 드리겠습니다.
어머니,
점자 읽는 법도 가르쳐 드리지요

우리의 삶은 모두 이와 같습니다
우리들 각자가 배우지 않으면 안 되는
외국어 같은 것 —
어디에도 인당수는 없습니다
어머니,
우리는 스스로 눈을 떠야 합니다

작품
속으로

이 작품은 고전 소설 〈심청전〉의 내용을 재구성한 시입니다. 하지만 시적 화자의 자세는 인당수에 빠져 공양미 삼백 석을 구하려던 순종적이고 희생적인 효를 보여 준 심청과 다릅니다. "살아서" 시를 짓고 책을 보겠다는 적극적이고 개척적인 자세를 취하고 있으니까요. "애벌레가 나비로 날기 위하여/누에고치를 버리는 것"처럼, 혹은 "하나의 알이 새가 되기 위하여/껍질을 부수는 것"처럼, 어머니에게 "점자책을 사 드리"고 "점자 읽는 법도 가르쳐 드"림으로써 어려움을 극복하겠다는 시적 화자의 결연한 의지를 살피며 작품을 감상합시다.

성탄제

김종길

어두운 방 안엔
빠알간 숯불이 피고,

외로이 늙으신 할머니가
애처로이 잦아드는 어린 목숨을 지키고 계시었다.

이윽고 눈 속을
아버지가 약을 가지고 돌아오시었다.

아 아버지가 눈을 헤치고 따 오신
그 붉은 산수유 열매—

나는 한 마리 어린 짐생,
젊은 아버지의 서느런 옷자락에
열로 상기(上氣)한 볼을 말없이 부비는 것이었다.

이따금 뒷문을 눈이 치고 있었다.
그날 밤이 어쩌면 성탄제의 밤이었을지도 모른다.

어느새 나도
그때의 아버지만큼 나이를 먹었다.

옛것이라곤 찾아볼 길 없는
성탄제 가까운 도시에는
이제 반가운 그 옛날의 것이 내리는데,

서러운 서른 살 나의 이마에
불현듯 아버지의 서느런 옷자락을 느끼는 것은,

눈 속에 따 오신 산수유 붉은 알알이
아직도 내 혈액 속에 녹아 흐르는 까닭일까.

 병들어 목숨이 위태로운 어린 자식을 살리기 위하여 아버지
는 눈 덮인 산속을 어렵사리 헤치고 산수유 열매를 따 옵니
다. 시적 화자는 어린 시절의 한겨울 밤을 떠올리며, "어느새 나도/그
때의 아버지만큼 나이를 먹"은 걸 깨닫습니다. 그리고 눈 내리는 성탄
절 밤. 십자가에 못 박힌 희생양과 성탄절의 의미를 곱씹어 보다 "불
현듯 아버지의 서느런 옷자락"을 느끼며 아버지의 사랑을 떠올리고
있습니다.

훈민가

정철

아버님 날 낳으시고 어머님 날 기르시니

두 분 곳 아니시면 이 몸이 살았으랴

하늘같은 은덕을 어디다가 갚사오리. (제1수)

임금과 백성과 사이 하늘과 땅이로되

나의 서러운 일을 다 알려고 하시거든

우린들 살진 미나리를 혼자 어찌 먹으리. (제2수)

형아 아우야 네 살을 만져 보아라

뉘한테서 태어났기에 생김새조차 같단 말이냐

한 젖 먹고 길러나 있어 다른 마음을 먹지 마라. (제3수)

어버이 살아신 제 섬길 일란 다하여라

지나간 후면 애닯아 어찌하리

평생에 고쳐 못할 일이 이뿐인가 하노라. (제4수)

한 몸 둘에 나눠 부부를 삼기실샤

이신 제 함께 늙고 죽으면 한데 간다

어디서 망령의 것이 눈 흘기려 하나뇨. (제5수)

계집아이 가는 길을 사나이 에돌듯이,

사나이 다니는 길을 계집이 치도듯이,

제 남편 제 계집 아니어든 이름 묻지 마오려. (제6수)

네 아들 효경(孝經) 읽더니 얼만큼 배웠나니

내 아들 소학(小學)은 모레면 마치리라

언제 두 글 배워 어질 것을 보려느뇨. (제7수)

마을 사람들아 옳은 일 하자스라

사람이 되어나서 옳지 못하면

마소를 갓 고깔 씌워 밥 먹이기나 다르랴. (제8수)

팔목 쥐시거든 두 손으로 받치리라

나갈 데 겨시거든 막대 들고 좇으리라

향음주 다 파한 후에 뫼셔 가려 하노라. (제9수)

남으로 삼긴 중에 벗같이 유신하랴

내의 왼일을 다 닐오려 하노매라

이 몸이 벗님 곳 아니면 사람됨이 쉬울까. (제10수)

어와 저 조카야 밥 없이 어찌할고
어와 저 아자바 옷 없이 어찌할고
머흔 일 다 닐러사라 돌보고저 하노라. (제11수)

네 집 상사들은 얼만큼 차리는가
네 딸 서방은 언제나 마치느슨다
내게도 없거니와 돌보고자 하노라. (제12수)

오늘도 다 새었다 호미 메고 가자스라
내 논 다 매여든 네 논 좀 매어 주마
올 길에 뽕 따다가 누에 먹여 보자스라. (제13수)

비록 못 입어도 남의 옷을 빼앗지 마라
비록 못 먹어도 남의 밥을 비지 마라
한 번만 때가 묻은 후면 고쳐 씻기 어려우니. (제14수)

상륙 장기 하지 마라 송사 글월 하지 마라
집 배야 무슴 하며 남의 원수 될 줄 어찌
나라히 법을 세우샤 죄 있는 줄 모르난다. (제15수)

이고 진 저 늙은이 짐 풀어 나를 주오
나는 젊었거니 돌이라 무거울까
늙기도 서럽다 하거늘 짐조차 지실까. (제16수)

훈민가(訓民歌) 백성을 가르치는 노래.
은덕(恩德) 은혜와 덕. 또는 은혜로운 덕.
망령(妄靈) 늙거나 정신이 흐려서 말이나 행동이 정상을 벗어남. 또는 그런 상태.
향음주(鄕飮酒) 예전에, 온 고을의 유생(儒生)이 모여 향약(鄕約)을 읽고 잔치할 때
마시던 술.
유신(有信) 신의가 있음.
상사(喪事) 사람이 죽은 사고.
상륙(象陸) 쌍육. 쌍육은 장기(將碁)와 더불어 옛날의 사행성 놀이임.
송사(訟事) 백성끼리 분쟁이 있을 때, 관부에 호소하여 판결을 구하던 일.

현대어 풀이

아버님께서 나를 낳으시고 어머님께서 나를 기르시니
두 분이 아니셨더라면 이 몸이 (태어나) 살 수 있었겠는가.
하늘 같은 (높은) 은덕을 어떻게 갚을 수 있을까. (제1수)

임금과 백성의 사이가 하늘과 땅만 한데,
나의 서러운 일까지 다 헤아리려 하시니
우린들 맛있는 미나리를 어찌 혼자 먹을 수 있겠는가. (제2수)

형아 아우야 네 살을 만져 보아라.
누구에게서 태어났기에 생김새까지 닮았단 말이냐
같은 젖을 먹고 자라나서 (우애를 해치는) 딴 마음을 먹지 마라. (제3수)

부모님께서 살아 계실 동안 섬기는 일을 다하여라.
돌아가신 다음에 슬퍼한들 무슨 소용이 있겠는가.
평생에 다시 할 수 없는 일이 이뿐인가 하노라. (제4수)

(하늘이) 한 몸을 둘로 나누어 부부를 만드셨으니
살아 있을 때는 함께 늙고 죽으면 같은 곳으로 간다.
어디서 망령된 것이 눈을 흘기려고 하는가. (제5수)

여자가 가는 길을 남자가 멀찌감치 돌아가듯이,
남자가 가는 길을 여자가 한쪽으로 비켜 돌아가듯이,
자기의 남편과 아내가 아니거든 이름도 묻지 마라. (제6수)

네 아들은 효경을 읽더니 얼마만큼 배웠는가.
내 아들은 소학을 모레면 마칠 것이다.
언제쯤에나 이 두 글을 배워서 어질어진 모습을 보겠는가. (제7수)

마을 사람들아 옳은 일을 하자꾸나.
사람으로 태어나서 옳지 못하면
말과 소에게 갓이나 고깔을 씌어 밥 먹이는 것과 (무엇이) 다르겠는가.
(제8수)

(어른이 기동하실 때 만일 내) 팔목을 잡으시거든 두 손으로 받치리라.
(밖에) 나갈 때가 있으시거든 지팡이를 들고 쫓아가리라.
잔치가 다 끝난 후에는 모시고 가려 하노라. (제9수)

남으로 태어난 것 중에 친구같이 신의가 (있는 이) 있겠는가.
나의 그릇된 일을 다 일러 주려 하는구나.
이 몸이 친구가 아니면 사람 되는 것이 쉽겠는가. (제10수)

아, 저 조카야 밥 없이 어찌하겠는가.
아, 저 아저씨 옷 없이 어찌하겠는가.
궂은 일 다 말해 주어라, (내가) 돌보고자 하노라. (제11수)

네 집에서 장례를 치를 때에는 얼마만큼 차리는가.
네 딸아이 신랑감은 언제쯤 맞이하려는가.
내게도 (재산이) 없지마는 (큰일을 당하면) 도와주려고 하노라. (제12수)

오늘도 날이 밝았다. 호미 메고 가자꾸나.

내 논을 다 매거든 네 논도 좀 매어 주마.

(일을 끝내고) 돌아오는 길에 뽕을 따다가 누에도 먹여 보자꾸나.

(제13수)

비록 못 입어도 남의 옷을 빼앗지 마라.

비록 못 먹어도 남의 밥을 빌지 마라.

한 번이라도 때가 묻은 후면 다시 (그 죄를) 씻기 어렵다. (제14수)

노름이나 (내기) 장기를 하지 마라. 송사하는 글도 쓰지 마라.

집안을 망치면 무엇을 할 수 있으며, 남의 원수가 되면 어떻게 할 것인가.

나라가 법을 만들었으니 죄 되는 줄을 모르느냐. (제15수)

(짐을) 머리에 이고 등에 진 노인이여, 그 짐을 풀어서 내게 주오.

나는 젊었으니 돌이라 한들 무거울까.

늙는 것도 서러운 것인데 짐까지 지시겠는가. (제16수)

조선 중기 문신이었던 시인이 강원도 관찰사로 부임했을 때 백성에게 유교적 윤리를 깨우치게 하기 위해 지은 총 16수의 연시조입니다. 따라서 백성들이 쉽게 이해하도록 순우리말과 정감 있는 표현 및 청유형 문장을 사용하고 있습니다. 각 주제를 살펴보면 제1수는 부모님 은혜에 대한 감사, 제2수는 군신 간 의리, 제3수는 형제간 우애, 제4수는 부모님에 대한 효도, 제5수는 부부간 의리를 권유하고 있습니다. 제6수는 남녀유별(男女有別), 제7수는 자녀들에 대한 학문 권장, 제8수는 사람으로서의 도리, 제9수는 향촌에서의 예의, 제10수는 벗과의 올바른 관계를 말하고 있습니다. 또 제11수는 상부상조의 정신, 제12수는 이웃의 애경사를 서로 도움, 제13수는 근면과 상부상조, 제14수는 남의 물건을 탐내지 말 것, 제15수는 도박과 송사 금지, 제16수는 노인 공경을 각각 권하고 있습니다.

3부

영산홍은
빨강 거품

고래를 위하여

정호승

푸른 바다에 고래가 없으면
푸른 바다가 아니지
마음속에 푸른 바다의
고래 한 마리 키우지 않으면
청년이 아니지

푸른 바다가 고래를 위하여
푸르다는 걸 아직 모르는 사람은
아직 사랑을 모르지

고래도 가끔 수평선 위로 치솟아올라
별을 바라본다
나도 가끔 내 마음속의 고래를 위하여
밤하늘 별들을 바라본다

이 작품은 '~면 ~ 아니지'의 반복을 통해 운율을 형성하고
있습니다. "푸른 바다에 고래가 없으면/푸른 바다가 아니"라
고 생각하는 시적 화자는, 마찬가지로 "마음속에 푸른 바다의/고래 한
마리 키우지 않으면/청년이 아니"라고 말합니다. '푸른색'이 젊음, 희
망, 이상, 자유를 상징하므로, "푸른 바다"는 청소년기의 삶을 뜻한다
고 볼 수 있습니다. 결국 시적 화자는 "내 마음속의 고래를 위하여/밤
하늘 별들을 바라"보라며, 푸릇푸릇한 시절 사랑하는 마음을 지니고
이상을 추구하며 살아가기를 당부하고 있습니다.

봄길

정호승

길이 끝나는 곳에서도
길이 있다
길이 끝나는 곳에서도
길이 되는 사람이 있다
스스로 봄길이 되어
끝없이 걸어가는 사람이 있다
강물은 흐르다가 멈추고
새들은 날아가 돌아오지 않고
하늘과 땅 사이의 모든 꽃잎은 흩어져도
보라
사랑이 끝난 곳에서도
사랑으로 남아 있는 사람이 있다
스스로 사랑이 되어
한없이 봄길을 걸어가는 사람이 있다

"길이 끝나는 곳에서도/길이 있다", "길이 끝나는 곳에서도/
길이 되는 사람이 있다", "사랑이 끝난 곳에서도/사랑으로 남
아 있는 사람이 있다"는 역설적 표현에 주목해 봅시다. 시련을 극복하
고자 하는 의지적이고 단정적인 시적 화자의 어조가 느껴지나요? 시
인은 우리 사회의 가난하고 소외된 사람들에 대해 따뜻한 시선을 드
러내곤 했는데, 절망적인 상황에서도 희망과 사랑이 존재함을 노래하
는 이 작품은 이기적이고 경쟁적인 삶을 살아가느라 각박해진 현대인
들이 스스로의 삶을 돌아보게 합니다.

우리 둘이

김준현

고래고래
노래를 부르면
입에서 고래가 튀어나올 것 같아

바닷속에서 숨을 참았던 고래가 펑!
분수처럼 숨소리가 하늘 높이 솟구치는 기분
등대를 세우는 기분

참았던 걸 다 쏟아 내 버려!

정민이가 굽은 내 등을 지느러미로 쓰다듬어 주더라
노래보다 그게 훨씬 좋았어

정민이랑 나랑
둘이서 세상 끝까지 헤엄치는 돌고래처럼
우우 우우 우우 우우 우리 둘이
노래가 되었어

작품 속으로 '고래'와 '나'를 비교하며 시를 읽어 볼까요? 고래가 "바닷속에서 숨을 참"고 있듯, '나' 역시 마음속에서 무언가를 꾹 참고 있었습니다. 고래의 숨구멍에서 물줄기가 "펑!" 하고 솟구치듯, '나'의 입에서도 "고래고래" 노래가 솟구쳐 나오지요. 이 시의 화자는 억눌리고 답답했던 마음을 노래와 함께 터뜨리고 있습니다. 그동안 어찌나 답답했던지 '나'의 등은 굽어 있습니다. 아니, 어쩌면 '나'는 물고기처럼 변한 것일까요? 곁에 있는 친구 '정민이'가 '나'의 굽은 등을 "지느러미로 쓰다듬어 주"네요. 모습이야 어떻든 '나'는 노래보다 정민이의 위로가 훨씬 좋습니다. 여기서 '고래'와 '나'의 마지막 닮은 점을 발견할 수 있습니다. 지느러미로 동료를 쓰다듬고 함께 헤엄치는 고래처럼, '나'도 정민이와 함께 서로를 다독이며 함께한다는 것입니다. 그리고 두 사람은 모두 "노래가 되"어, 그 자체로 서로에게 위로와 기쁨을 주는 존재가 됩니다.

나무들의 목욕

정현정

나무들이
샤워하고 있다

저것 봐
저것 봐

진달래는 분홍 거품이
조팝나무는 하얀 거품이
영산홍은 빨강 거품이
보글보글 일고 있잖아

깨끗이 씻은 자리
씨앗 마중하려고
부지런히 목욕 중이야

온 산이 공중목욕탕처럼
색색의 거품으로 부글거리고 있어.

꽃을 피우는 나무들을 소재로 한 작품입니다. 꽃이 만개한 산이나 들판의 정경을 마치 색색의 거품을 피우는 공중목욕탕에 비유하고 있습니다. 묵은 때를 벗고 새 생명을 잉태하는 봄. 그 기운을 한껏 느껴 봅시다.

진달래꽃

김소월

나 보기가 역겨워
가실 때에는
말 없이 고이 보내 드리우리다.

영변에 약산
진달래꽃
아름 따다 가실 길에 뿌리우리다.

가시는 걸음 걸음
놓인 그 꽃을
사뿐히 즈려밟고 가시옵소서.

나 보기가 역겨워
가실 때에는
죽어도 아니 눈물 흘리우리다.

영변(寧邊)에 약산(藥山) 영변은 평안북도의 한 지명으로, 그 부근의 약산은 진달래
군락으로 유명한 곳임.
아름 두 팔을 둥글게 모아서 만든 둘레.
즈려밟다 위에서 내리눌러 밟다.

시인은 주로 임에 대한 사랑을 노래했는데, 이 작품에서의
시적 화자는 떠나는 이를 "말없이 고이 보내"겠다며 이별의
상황을 체념하듯 받아들이고 있습니다. 이는 겉으로 드러난 표현일
뿐, 시적 화자는 자신의 마음 같기도 한 진달래꽃을 뿌리겠다고도 하
고 그 꽃을 즈려밟고 가라고도 합니다. 급기야 "죽어도 아니 눈물 흘
리"겠다니, 사랑하는 속마음은 변함이 없지만 이별의 슬픔을 꿋꿋이
참아 냄을 알 수 있습니다. 마음과 반대되는 뜻의 시구를 반복함으로
써, 정작 헤어지기 싫은 시적 화자의 마음이 더욱 강하게 드러나고 있
습니다.

먼 후일

김소월

먼 훗날 당신이 찾으시면
그때에 내 말이 '잊었노라'

당신이 속으로 나무라면
'무척 그리다가 잊었노라'

그래도 당신이 나무라면
'믿기지 않아서 잊었노라'

오늘도 어제도 아니 잊고
먼 훗날 그때에 '잊었노라'

 시적 화자는 "잊었노라"를 반복하면서도, "오늘도 어제도 아니 잊고/먼 훗날 그때에" 잊겠다고 합니다. 결국 임을 잊을 수 없다는 얘기에 다름 아니죠. 이렇듯 말하고자 하는 바와 반대의 표현을 사용하여 애초에 말하고자 하는 내용을 두드러지게 하는 반어적 표현으로써, 시적 화자는 사랑에 대한 강한 의리와 잊을 수 없는 애절한 심정을 강조하고 있습니다.

겨울 사랑

문정희

눈송이처럼 너에게 가고 싶다

머뭇거리지 말고

서성대지 말고

숨기지 말고

그냥 네 하얀 생애 속에 뛰어들어

따스한 겨울이 되고 싶다

천년 백설이 되고 싶다

 차가운 겨울의 이미지 속에 따뜻한 사랑의 감정을 녹여 낸
작품으로, 순수하고 영원한 사랑의 마음을 간결한 언어로 표
현하고 있습니다. 화자가 꿈꾸는 사랑은 "머뭇거리"거나 "서성대지"
않는 사랑입니다. 숨김없이 상대의 삶에 녹아들어 "따스한 겨울", "천
년 백설"이 되고 싶다는 바람이 인상적인 작품입니다.

별

나태주

내가 너를 생각하는
마음 하나와
네가 나를 생각하는
마음 하나가
땅 위를 헤매다가
하늘에서 만나면
별이 되지 않을까!
별을 바라보며
나는 생각한다.

 이 작품은 서로를 생각하는 마음이 하늘에서 만나 하나의 별
이 된다는 따뜻한 상상을 담고 있습니다. "별"은 상대방과 만
들어 낸 교감의 상징이 됩니다. 소중한 마음이 서로를 향할 때 비로소
별처럼 빛날 수 있다는 시인의 메시지가 잔잔한 감동을 줍니다.

별

정진규

별들의 바탕은 어둠이 마땅하다
대낮에는 보이지 않는다
지금 대낮인 사람들은
별들이 보이지 않는다
지금 어둠인 사람들에게만
별들이 보인다
지금 어둠인 사람들만
별들을 낳을 수 있다

지금 대낮인 사람들은 어둡다

작품 속으로 이 작품에서는 유난히 어둠과 대낮의 대비가 두드러집니다. 그런데 반짝이는 "별들의 바탕은 어둠이 마땅"하고, "어둠인 사람들만/별들을 낳을 수 있다"고 합니다. 이는 어둠처럼 앞이 깜깜해지는 어려움을 겪는 사람만이 진정한 행복과 삶의 가치를 좇을 수 있다는 뜻으로 이해됩니다. 반면, "지금 대낮인 사람들은/별들이 보이지 않는다"는 역설적인 표현을 통해 현재의 삶에 안주하거나 만족하는 사람들은 진실된 삶의 가치를 추구하지 않는다는 시적 화자의 생각을 엿볼 수 있습니다.

넌 바보다

신형건

씹던 껌을 아무 데나 퉤, 뱉지 못하고
종이에 싸서 쓰레기통으로 달려가는
너는 참 바보다.
개구멍으로 쏙 빠져나가면 금방일 것을
비잉 돌아 교문으로 다니는
너는 참 바보다.
얼굴에 검댕 칠을 한 연탄장수 아저씨한테
쓸데없이 꾸벅, 인사하는
너는 참 바보다.
호랑이 선생님이 전근(轉勤) 가신다고
계집애들도 흘리지 않는 눈물을 찔끔거리는
너는 참 바보다.
그까짓 게 뭐 그리 대단하다고
민들레 앞에 쪼그리고 앉아 한참 바라보는
너는 참 바보다.
내가 아무리 거짓으로 허풍을 떨어도
눈을 동그랗게 뜨고 머리를 끄덕여 주는
너는 참 바보다.
바보라고 불러도 화내지 않고
씨익 웃어 버리고 마는 너는

정말 정말 바보다.

—그럼, 난 뭐냐?
그런 네가 좋아서 그림자처럼
네 뒤를 졸졸 따라다니는
나는?

개구멍 담이나 울타리 또는 대문의 밑에 개 따위가 드나들 정도로 터진 작은 구멍.
검댕 그을음이나 연기가 엉겨 생기는, 검은 물질.

작품
속으로 작품 속 '나'의 눈에 비친 '너'는 씹던 껌을 "종이에 싸서 쓰레기통으로 달려가"고, "얼굴에 검댕 칠을 한 연탄장수 아저씨한테/쓸데없이 꾸벅, 인사하"며, "민들레 앞에 쪼그리고 앉아 한참 바라보는" 등 제 이익만 좇는 요즘 세태에 어울리지 않는 어리숙한 모습입니다. 그런데도 '나'는 명민하지 않은 '너'가 오히려 반듯하고 순수해 보여 "그림자처럼/네 뒤를 졸졸 따라다"닙니다. 결국 "너는 참 바보다."는 반어적 표현이었음을 알 수 있습니다.

나룻배와 행인

한용운

나는 나룻배
당신은 행인.

당신은 흙발로 나를 짓밟습니다.
나는 당신을 안고 물을 건너갑니다.
나는 당신을 안으면 깊으나 옅으나 급한 여울이나 건너갑니다.

만일 당신이 아니 오시면 나는 바람을 쐬고 눈비를 맞으며 밤
에서 낮까지 당신을 기다리고 있습니다.
당신은 물만 건너면 나를 돌아보지도 않고 가십니다그려.
그러나 당신이 언제든지 오실 줄만은 알아요.
나는 당신을 기다리면서 날마다 날마다 낡아 갑니다.

나는 나룻배
당신은 행인.

나룻배 나루와 나루 사이를 오가며 사람이나 짐 따위를 실어 나르는 작은 배.
여울 강이나 바다 따위의 바닥이 얕거나 폭이 좁아 물살이 세게 흐르는 곳.

'나'와 '당신'의 관계를 "나룻배"와 "행인"에 빗대어 표현한 작품입니다. 시인의 작품에는 '당신(또는 '임')'이 자주 등장하는데, 이에 대한 해석은 다양합니다. 일제에 빼앗긴 조국이나 민족을 상징한다고도 하고, 불교에서 말하는 중생 혹은 생명적인 근원을 뜻한다고도 합니다. 무엇으로 바라보든 간에, 시인이 조국 광복에 대한 희망과 민족애를 주로 표현하려 했다는 데에는 이견이 없습니다. 이 작품에서도, "흙발로 나를 짓밟"고 "물만 건너면 나를 돌아보지도 않고 가"시는 임일지라도 언제나 나루에 머무는 배처럼 기다리고 있겠다는 시적 화자의 인내와 희생과 강인한 사랑을 확인할 수 있습니다.

낙화

이형기

가야 할 때가 언제인가를
분명히 알고 가는 이의
뒷모습은 얼마나 아름다운가.

봄 한철
격정을 인내한
나의 사랑은 지고 있다.

분분한 낙화……
결별이 이룩하는 축복에 싸여
지금은 가야 할 때,

무성한 녹음과 그리고
머지않아 열매 맺는
가을을 향하여

나의 청춘은 꽃답게 죽는다.

헤어지자.
섬세한 손길을 흔들며
하롱하롱 꽃잎이 지는 어느 날

나의 사랑, 나의 결별,
샘터에 물 고이듯 성숙하는
내 영혼의 슬픈 눈.

낙화(落花) 떨어진 꽃. 또는 꽃이 떨어짐.
녹음(綠陰) 푸른 잎이 우거진 나무나 수풀. 또는 그 나무의 그늘.
하롱하롱 작고 가벼운 물체가 떨어지면서 잇따라 흔들리는 모양.

작품 속으로 '꽃이 피고 짐'을 '사랑과 이별'에 빗대어, 이별의 의미를 시각적으로 구체화한 작품입니다. 특히 3연에 등장하는 "결별이 이룩하는 축복"은 '꽃이 떨어진 후의 열매 맺음'을 연상시켜, 이별 후 슬픔에도 불구하고 성장을 기대하는 시적 화자의 마음을 읽을 수 있습니다. 겉으로는 모순되거나 불합리해 보이지만 실제로는 삶의 진실을 담고 있는 역설적 표현이 두드러진 작품입니다.

미니 시리즈

오은

느닷없이 접촉 사고
느닷없이 삼각관계
느닷없이 시기 질투
느닷없이 풍전등화
느닷없이 수호천사
느닷없이 재벌 2세
느닷없이 신데렐라
느닷없이 승승장구
느닷없이 이복형제
느닷없이 행방불명
느닷없이 폐암 진단
느닷없이 양심 고백
느닷없이 눈물바다
느닷없이 무사 귀환
느닷없이 갈등 해소
느닷없이 해피 엔딩

16부작이 끝났습니다
꿈 깰 시간입니다

이 작품은 "느닷없이", 말하자면 아무런 개연성 없이 전개되는 16부작 미니 시리즈를 풍자하고 있습니다. 이때 '풍자'란 웃음을 유발하는 우회적 표현으로, 문제점을 꼬집어 드러내는 표현 방법을 뜻합니다. 그저 익살스러울 뿐 공격적이지 않아 되레 대상에 대한 연민이 느껴지는 '해학'과 달리, 시적 화자는 "꿈 깰 시간"이라는 풍자적 표현으로 16부작 미니 시리즈의 허황됨을 강하게 꼬집고 있습니다.

벌레 먹은 나뭇잎

이생진

나뭇잎이 벌레 먹어서 예쁘다
귀족의 손처럼 상처 하나 없이
매끈한 것은
어쩐지 베풀 줄 모르는
손 같아서 밉다
떡갈나무잎에 벌레 구멍이 뚫려서
그 구멍으로 하늘이 보이는 곳은 예쁘다
상처가 나서 예쁘다는 것은
잘못인 줄 안다
그러나 남을 먹여 가며
살았다는 흔적은
별처럼 아름답다.

작품 속으로 "나뭇잎이 벌레 먹어서 예쁘다"는 일반적으로 모순된 말입니다. 그리고 매끈한 나뭇잎은 "베풀 줄 모르는/손 같아서 밉다"는 시적 화자의 태도 또한 남다른 데가 있습니다. 작품을 감상해 보면 그 이유가 대번 눈에 들어옵니다. "남을 먹여 가며/살았다는 흔적은/별처럼 아름답"기 때문이지요. 시적 화자가 '벌레 먹은 나뭇잎'을 어여쁘게 바라보듯, 우리도 그러한 마음이 되어 이 작품을 감상해 봅시다.

들판이 적막하다

정현종

가을 햇볕에 공기에
익는 벼에
눈부신 것 천지인데,
그런데,
아, 들판이 적막하다—
메뚜기가 없다!

오 이 불길한 고요—
생명의 황금 고리가 끊어졌느니…….

> **작품 속으로** 이 작품은 풍요로운 가을 들판을 묘사하며 시작됩니다. "그
> 런데," 화자의 감탄은 곧 당혹감으로 변합니다. 들판 어딘가
> 에서 느껴지는 이상한 "적막" 때문입니다. 화자는 그 적막함의 원인
> 을 "메뚜기"의 부재에서 찾습니다. 메뚜기가 사라진 가을 들판. 이 깨
> 달음의 순간부터 시는 불안과 경고의 분위기로 채워집니다. 인간은
> 메뚜기를 해충으로 여겨 들판에서 몰아냈지만, 화자는 메뚜기 역시
> 생태계의 일부로서 "생명의 황금 고리"를 이루는 존재라고 말합니다.
> 그리고 그 끊어진 고리 때문에 생기는 "불길한 고요"의 상황을 경고
> 하며 지구의 모든 생명체가 서로 긴밀하게 연결되어 있음을 강조합
> 니다.

송사리

이문구

누구냐구요?
이젠 얼굴도 잊으셨네요.
강물 냇물 놔두고
논과 연못에 살았던 송사리예요.
송사리 끓듯 한다는 속담도 있잖아요
예전엔 그렇게 흔했었죠.
송사리 낚시나 그물은 없어요
우릴 해칠 마음이 없었거든요.
아이들이 간혹
물 담은 고무신이나 어항에 넣긴 했지만
이내 놓아줬어요.
원래가 친했으니까요.
그런데 논에는 농약 연못엔 폐수
이젠 살 데가 없네요.
그래서 꿈에 나타나 부탁하는 거예요.
어디 살 만한 데가 있으면
꼭 좀 알려 주세요.

작품
속으로 송사리라는 자연물의 입을 빌려 환경 문제의 심각성과 인간
의 이기심을 비판한 동시입니다. 송사리는 "논과 연못"에 흔
하게 널려 있던 물고기였지만, 이제는 "농약"과 "폐수" 때문에 살 곳
을 잃었습니다. "원래가 친했"던 물고기이건만, 인간은 송사리 얼굴
조차 잊어버렸습니다. 자기들 삶의 터전을 망가뜨린 인간의 꿈에 나
타나 "어디 살 만한 데가 있으면/꼭 좀 알려" 달라는 송사리의 호소가
안타깝게 느껴집니다.

해

박두진

해야 솟아라. 해야 솟아라. 말갛게 씻은 얼굴 고운 해야 솟아라. 산 넘어 산 넘어서 어둠을 살라 먹고, 산 넘어서 밤새도록 어둠을 살라 먹고, 이글이글 앳된 얼굴 고운 해야 솟아라.

달밤이 싫여, 달밤이 싫여, 눈물 같은 골짜기에 달밤이 싫여, 아무도 없는 뜰에 달밤이 나는 싫여…….

해야, 고운 해야, 니가 오면, 니가사 오면, 나는 나는 청산이 좋아라. 훨훨훨 깃을 치는 청산이 좋아라. 청산이 있으면 홀로래도 좋아라.

사슴을 따라 사슴을 따라, 양지로 양지로 사슴을 따라, 사슴을 만나면 사슴과 놀고,

칡범을 따라 칡범을 따라, 칡범을 만나면 칡범과 놀고…….

해야, 고운 해야. 해야 솟아라. 꿈이 아니래도 너를 만나면, 꽃도 새도 짐승도 한자리 앉아, 워어이 워어이 모두 불러 한자리 앉아 앳되고 고운 날을 누려 보리라.

역동적인 어조와 강렬한 상징적 시어로 화합과 평화의 세계
를 향한 소망을 드러내는 작품입니다. 1연에서 시적 화자는
해가 솟아나기를 기다리고 있습니다. 화자가 바라는 해는 "말갛게 씻
은", "앳된" 얼굴이지만 "어둠을 살라 먹"는 생명력을 가진 존재입니
다. 반면 2연의 "달밤"이 뜬 세계는 죽음의 시간입니다. 화자는 "눈물
같은 골짜기", "아무도 없는 뜰"에 뜬 달밤을 고통스럽게 바라봅니다.
그리고 다시 3연에서 해가 뜬 청산이라면 "홀로래도 좋"겠다며 소망
의 절실함을 드러냅니다. 해가 뜬 청산에선 약자와 강자가 서로 대립
하지 않고 어우러집니다. 화자는 4연과 5연에서 약자인 사슴과 강자
인 칡범이 공존하는 세계를 그려 냅니다. 6연은 화자의 의지가 분출
하는 대목입니다. 화자는 "너(해)"를 만나는 날이 되면 "꽃도 새도 짐
승도 한자리 앉아" 자신이 꿈꾸는 화합과 평화의 이상세계인 "앳되고
고운 날을 누"리겠다고 다짐합니다.

두꺼비 파리를 물고

작자 미상

두꺼비 파리를 물고 두엄 위에 치달아 앉아

건넛산 바라보니 백송골이 떠 있거늘 가슴이 끔찍하여 풀떡

뛰어 내닫다가 두엄 아래에 자**빠**졌구나

모쳐라 날랜 나이니 망정이지 어혈 질 **뻔**했구나.

현대어 풀이

두꺼비가 파리를 물고 두엄(거름) 위에 뛰어올라 앉아

건너편 산을 바라보니 흰 송골매가 떠 있어 가슴이 섬뜩하여 펄쩍 뛰어

내리다가 두엄 아래 자**빠**졌구나.

마침 (몸이) 날랜 나이니 망정이지 (하마터면) 피멍이 들 **뻔**했구나.

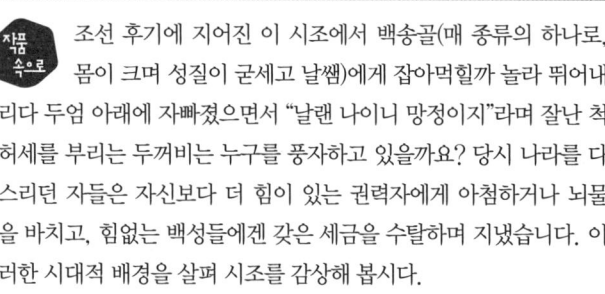

조선 후기에 지어진 이 시조에서 백송골(매 종류의 하나로, 몸이 크며 성질이 굳세고 날쌤)에게 잡아먹힐까 놀라 뛰어내리다 두엄 아래에 자**빠**졌으면서 "날랜 나이니 망정이지"라며 잘난 척 허세를 부리는 두꺼비는 누구를 풍자하고 있을까요? 당시 나라를 다스리던 자들은 자신보다 더 힘이 있는 권력자에게 아첨하거나 뇌물을 바치고, 힘없는 백성들에겐 갖은 세금을 수탈하며 지냈습니다. 이러한 시대적 배경을 살펴 시조를 감상해 봅시다.

굼벙이 매암이 되야

작자 미상

굼벙이 매암이 되야 나래 도쳐 나라올라
높으나 높은 남게 소릐는 죠커니와
그 우희 거미줄 이시니 그를 조심하여라.

현대어 풀이
굼벵이가 매미가 되어 날개가 돋아서 날아올라
높고도 높은 나무 위에서 (우는) 소리는 좋지마는
그 위에 거미줄이 있으니 그것을 조심하여라.

작품 속으로 인간의 처세를 동물에 빗대어 우의적으로 풍자한 시조입니
다. 이때 굼벵이(매미의 애벌레)가 높은 나무에서 소리를 내
는 매미가 된 것은 벼슬자리에 올라 권세를 부림을 뜻하고, 굼벵이에
게 위협적인 거미줄은 주위를 경계하지 않다 하루아침에 권세를 잃
어버릴 수 있는 상황을 비유합니다. 신분이 높아질수록 처신에 신경
쓰고, 잘난 척하기보다 겸손한 자세를 가지라는 화자의 말에 귀를 기
울이게 됩니다.

감장새 작다 하고

이택

감장새 작다 하고 대붕(大鵬)아 웃지 마라
구만리 장천(九萬里長天)을 너도 날고 저도 난다
두어라 일반 비조(一般飛鳥)니 너나 그나 다르랴.

현대어 풀이
감장새가 작다고 대붕아 비웃지 마라.
구만 리 넓은 하늘을 너도 날고 감장새도 난다.
날아다니는 새이기는 마찬가지니 너나 그나 무엇이 다르랴.

이 시조는 숙종 때 무관으로서 몸이 허약했던 이택이 이를
빌미로 모함하는 문관들 때문에 한직으로 밀려났을 때 지어
졌다고 합니다. 시조 내용을 살펴보면, "대붕(단숨에 구만 리를 날아
간다는 상상 속의 매우 큰 새)"이 "감장새(굴뚝새. 우리나라에서 번
식하는 몸길이 6~7㎝의 작은 텃새)"더러 작다고 비웃습니다. 이에
"감장새"는 하늘을 나는 새의 본질은 다를 바 없다며 일침을 가합니
다. 시조가 지어진 정황을 고려해 볼 때 "감장새"는 자신과 같은 '무
관'에, "대붕"은 '문관'에 비유되고 있음을 알 수 있습니다. 교만과 우
월감에 사로잡혀 다른 사람을 멸시하고 천시하는 세태를 풍자한다는
점에서, 시대를 넘어 교훈을 주는 작품입니다.

까마귀 싸우는 골에

영천 이씨

까마귀 싸우는 골에 백로야 가지 마라
성난 까마귀 흰빛을 시샘할세라
청강(淸江)에 기껏 씻은 몸을 더럽힐까 하노라.

현대어 풀이
까마귀 (모여) 다투는 곳에 백로야 가지 마라.
성이 난 까마귀들이 새하얀 (너의) 몸빛을 보고 시기할 것이니
청강에서 기껏 깨끗이 씻은 몸이 더럽혀질까 (걱정)하노라.

> **작품 속으로** 정몽주의 어머니가 지었다고 알려진 이 시조는 시류에 휩쓸리지 말고 군자로서 마땅한 태도를 취하라는 내용을 담고 있습니다. 이 시조에서 "까마귀"는 백로의 흰빛을 시샘하며 백로를 더럽히는 존재로, "백로"는 희고 깨끗한 존재로 각각 그려지고 있습니다. 고려 말 혼란스러웠던 시절 이방원이 정몽주를 자신의 편으로 만들기 위해 잔치에 초대했을 때 정몽주의 어머니가 아들에게 당부하는 뜻으로 지었던 시조인 만큼, "까마귀"는 다른 왕조를 세우려는 무리를 상징하고 "백로"는 고려 왕조에 대한 절개를 지키려는 무리를 상징하는 것으로 보입니다.

까마귀 검다 하고

이직

까마귀 검다 하고 백로야 웃지 마라
겉이 검은들 속조차 검을쏘냐
겉 희고 속 검은 이는 너뿐인가 하노라.

현대어 풀이
까마귀 (겉모습이) 검다고 해서 백로야 비웃지 마라.
겉이 검다고 해서 속까지 검겠느냐.
(아마도) 겉이 희고 속이 검은 것은 너밖에 없을 것이다.

작품 속으로

이 작품은 고려의 신하였던 이직이 조선 왕조 개국에 공을 세우자 변절자라며 손가락질하는 사람들에 대해 자신의 입장을 밝힌 시조입니다. 이때 작품 속 "까마귀"와 "백로"는 각각 '겉은 검지만 속이 깨끗한 존재', '겉은 깨끗하지만 속이 다른 존재'로 쓰였습니다. 고려의 영속을 지지했던 사람들을 부패한 관료로서의 "백로"로, 새 왕조를 세워 온건한 나라를 만들겠다고 한 자신과 같은 사람들을 "까마귀"로 풍자하며, 이직은 자신의 행동이 정당하다고 주장합니다. 겉과 속이 다른 사람에 대한 비판, 겉모습만 보고 타인을 평가하는 세태에 대한 비판 등등, 오늘을 사는 우리에게도 커다란 울림을 주는 시조입니다.

오우가

윤선도

내 벗이 몇이나 하니 수석(水石)과 송죽(松竹)이라
동산(東山)에 달 오르니 그 더욱 반갑고야
두어라 이 다섯밖에 또 더하여 무엇하리. (제1수)

구름 빛이 좋다 하나 검기를 자로 한다
바람 소리 맑다 하나 그칠 적이 하노매라
좋고도 그칠 뉘 없기는 물뿐인가 하노라. (제2수)

꽃은 무슨 일로 피면서 쉬이 지고
풀은 어이하여 푸르는 듯 누르나니
아마도 변치 않는 건 바위뿐인가 하노라. (제3수)

더우면 꽃 피고 추우면 잎 지거늘
솔아 너는 어찌 눈서리를 모르는다
구천(九泉)에 뿌리 곧은 줄을 그로 하여 아노라. (제4수)

나무도 아닌 것이 풀도 아닌 것이
곧기는 뉘 시키며 속은 어이 비었는가
저렇게 사시(四時)에 푸르니 그를 좋아하노라. (제5수)

작은 것이 높이 떠서 만물을 다 비치니
밤중의 광명이 너만 한 이 또 있느냐
보고도 말 아니하니 내 벗인가 하노라. (제6수)

현대어 풀이
내 벗이 몇인가 하니 물과 바위와 소나무와 대나무이다.
동산에 달이 떠오르니 그 더욱 반갑구나.
두어라, 이 다섯밖에 또 더하여 무엇하리. (제1수)

구름 빛깔이 깨끗하다고는 하나 검기를 자주 한다.
바람 소리가 맑다고는 하지만 그칠 때가 많구나.
깨끗하고도 그칠 때가 없기는 물뿐인가 하노라. (제2수)

꽃은 무슨 일로 피자마자 쉽게 지고
풀은 어찌하여 푸르러지자 곧 누른빛을 띠는지,
아마도 변하지 않는 것은 바위뿐인가 하노라. (제3수)

더우면 꽃이 피고 추우면 잎이 지거늘
소나무야 너는 어찌 눈서리를 모르느냐.
깊은 땅속까지 뿌리가 곧은 줄을 그것으로 인해 알겠구나. (제4수)

나무도 아닌 것이 풀도 아닌 것이,
곧기는 누가 시켰으며, 속은 어이 비었느냐.
저러고도 사시사철 푸르니 그를 좋아하노라. (제5수)

작은 것이 높이 떠서 만물을 다 비추니
밤중에 밝은 빛이 너만 한 것이 또 있겠느냐.
보고도 말을 하지 않으니 내 벗인가 하노라. (제6수)

자품
수으로

물과 돌과 소나무와 대나무와 달을 '다섯 친구'라 칭하고, 이들의 특성을 빌어 사람이 마땅히 갖추어야 할 성품이나 덕성을 이야기하고 있는 연시조입니다. 제1수에서는 다섯 친구를 예찬하고, 나머지 수에서 다섯 자연물을 각각 나열하여 그 덕성을 얘기하고 있네요. 여기서 "물"은 '영원함'을, "바위"는 '변함없음'을, "소나무"는 '지조와 절개'를, "대나무"는 '욕심 없음과 지조'를, "달"은 '광명함과 과묵함'을 나타내고 있는 자연물로 각각 등장하고 있습니다.

4부

딱정벌레 날개처럼
하얀 새살

딱지

이준관

나는 어릴 때부터 그랬다.
칠칠치 못한 나는 걸핏하면 넘어져
무릎에 딱지를 달고 다녔다.
그 흉물 같은 딱지가 보기 싫어
손톱으로 득득 긁어 떼어 내려고 하면
아버지는 그때마다 말씀하셨다.
딱지를 떼어 내지 말아라 그래야 낫는다.
아버지 말씀대로 그대로 놓아두면
까만 고약 같은 딱지가 떨어지고
딱정벌레 날개처럼 하얀 새살이
돋아나 있었다.
지금도 칠칠치 못한 나는
사람에 걸려 넘어지고 부딪히며
마음에 딱지를 달고 다닌다.
그때마다 그 딱지에 아버지 말씀이
얹혀진다.
딱지를 떼지 말아라 딱지가 새살을 키운다.

칠칠하다 성질이나 일 처리가 반듯하고 야무지다.
고약(膏藥) 주로 헐거나 곪은 데에 붙이는 끈끈한 약.

어린 시절 몸에 난 상처가 회복되는 과정에서 생긴 딱지를
보기 싫어라 하는 시적 화자에게, 흉물스럽더라도 딱지를 떼
어 내지 말아야 상처가 잘 낫는다고 아버지가 조언하십니다. 그 말씀
을 떠올리며, 시적 화자는 성장하는 동안 "사람에 걸려 넘어지고 부딪
히며" 생긴 마음의 딱지를 수용하려 합니다. 또 새살을 키우는 어린
날의 딱지처럼, 세상을 살아가며 얻은 마음의 상처 또한 딱지가 앉았
다 떨어지는 과정을 반복하며 치유될 수 있다고 말합니다.

떨어져도 튀는 공처럼

정현종

그래 살아 봐야지
너도나도 공이 되어
떨어져도 튀는 공이 되어

살아 봐야지
쓰러지는 법이 없는 둥근
공처럼, 탄력의 나라의
왕자처럼

가볍게 떠올라야지
곧 움직일 준비되어 있는 꼴
둥근 공이 되어

옳지 최선의 꼴
지금의 네 모습처럼
떨어져도 튀어 오르는 공
쓰러지는 법이 없는 공이 되어.

꼴 겉으로 보이는 사물의 모양.

작품 속으로 아래로 떨어져도 다시 상승하는 회복력을 지닌 공처럼, "쓰러지는 법이 없"고 둥글어 탄력 있게 앞으로 나아가는 공처럼, "곧 움직일 준비되어 있는 꼴"을 갖춘 공처럼, 그렇게 살아가겠다는 시적 화자의 의지가 강하게 드러나 있는 작품입니다. 어려움에 처하더라도 이겨 내고 말겠다는 긍정적인 삶의 자세를 공의 속성에 비유하여 담아내고 있습니다.

저녁에

김광섭

저렇게 많은 중에서
별 하나가 나를 내려다본다
이렇게 많은 사람 중에서
그 별 하나를 쳐다본다

밤이 깊을수록
별은 밝음 속에 사라지고
나는 어둠 속에 사라진다

이렇게 정다운
너 하나 나 하나는
어디서 무엇이 되어
다시 만나랴

작품
속으로 밤하늘에 뜨는 무수한 별만큼이나 많은 사람들과 어울려 사는 세상이지만, 시적 화자는 그 많은 사람들과 영원히 함께 할 수 없다는 걸 인식하며 인간의 고독을 노래하고 있습니다. "별 하나가 나를 내려다본다.", "그 별 하나를 쳐다본다."……. 그렇게 인연이 되었던 '별'과 '나'이지만, 어느새 밝음과 어둠 속에 각각 사라지면서 친밀한 관계는 소멸됩니다. 그리하여 시적 화자는 정다웠던 서로가 "어디서 무엇이 되어/다시 만나랴" 안타까워합니다. 이 시는 김환기 화백의 그림 〈어디서 무엇이 되어 다시 만나랴〉로 형상화되기도 했고, 그림과 같은 제목의 가요가 지어져 애창될 만큼 많은 사람의 공감을 얻었습니다.

거꾸로 말했다

장철문

괜찮아요, 라고 말할 때
괜찮지 않았다

저는 됐어요, 라고 말할 때
되지 않았다

아니에요, 라고 말할 때
아니지 않았다

하나 마나 한 말이지만,
내가
나라고 부르는 애야,
너한테 분명히 말해 둘게

아무 때나 웃지 마,
어색할 때는 그냥 있어도 돼

작품
속으로 친구가 서운해할까 봐, 엄마가 화낼까 봐, 선생님이 나를 이
상하게 생각할까 봐 내 마음과는 거꾸로 말했던 적이 있나
요? 이 시의 화자도 그동안 괜찮다고, 됐다고, 아니라고 맘에 없는 말
을 했나 봅니다. 다른 사람을 신경 쓰기 바빴던 거죠. 그러다 문득 돌
아보았더니 정작 자기 마음은 헤아리지 못했다는 걸 깨달았습니다.
스스로에게 진솔해지기로 결심한 화자는 "내가/나라고 부르는 얘"에
게 당부합니다. "아무 때나 웃지 마,/어색할 때는 그냥 있어도 돼"라
고요.

전봇대

장철문

말라깽이 전봇대는 꼿꼿이 서서
혼자다

골목 귀퉁이에 서서
혼자다

혼자라서
팔을 길게 늘여
다른 전봇대와 손을 잡았다

팔을 너무 늘여서
줄넘기 줄처럼 가늘어졌다

밤에는 보이지 않아서
불을 켜
서로 여기라고 손을 든다

서로 붙잡은 손과 손으로
따뜻한 기운이 번져서
사람의 집에도 불이 켜진다

시적 화자는 골목 귀퉁이에 혼자 서 있는 전봇대를 바라봅니
다. 그 전봇대가 다른 전봇대와 전깃줄로 연결되어 밤이면
불을 켜고 자신을 알리는 걸 봅니다. 그리고 따뜻한 기운으로 사람의
집에도 불을 밝히는 존재로 거듭나는 것을 봅니다. 사람도 연결되어
따뜻해지면 좋겠다는, 연대의 중요함을 깨닫게 하는 작품입니다.

귀뚜라미

나희덕

높은 가지를 흔드는 매미 소리에 묻혀
내 울음 아직은 노래 아니다.

차가운 바닥 위에 토하는 울음,
풀잎 없고 이슬 한 방울 내리지 않는
지하도 콘크리트 벽 좁은 틈에서
숨 막힐 듯, 그러나 나 여기 살아 있다
귀뚜르르 뚜르르 보내는 타전 소리가
누구의 마음 하나 울릴 수 있을까.

지금은 매미 떼가 하늘을 찌르는 시절
그 소리 걷히고 맑은 가을이
어린 풀숲 위에 내려와 뒤척이기도 하고
계단을 타고 이 땅 밑까지 내려오는 날
발길에 눌려 우는 내 울음도
누군가의 가슴에 실려 가는 노래일 수 있을까.

타전(打電) 전보나 무전을 침.

이 작품의 시적 화자는 '귀뚜라미'입니다. '귀뚜라미'는 자신의 울음이 "높은 가지를 흔드는 매미 소리"에 묻혀 노래가 되지 않을뿐더러, "차가운 바닥 위에 토하는 울음"을 자아내는 현실을 바라봅니다. 그렇게 "지하도 콘크리트 벽 좁은 틈에" 살면서 "발길에 눌려" 울기도 하지만, 맑은 가을이 되면 자신의 울음이 누군가에게 감동을 주는 노래가 되기를 소망합니다. 힘들고 어려운 처지에 있으면서도 꿈을 포기하지 않는 귀뚜라미가 되어, 함께 노래하듯 감상해 봅시다.

땅끝

나희덕

산 너머 고운 노을을 보려고
그네를 힘차게 차고 올라 발을 굴렀지
노을은 끝내 어둠에게 잡아먹혔지
나를 태우고 날아가던 그넷줄이
오랫동안 삐걱삐걱 떨고 있었어

어릴 때는 나비를 쫓듯
아름다움에 취해 땅끝을 찾아갔지
그건 아마도 끝이 아니었을지도 몰라
그러나 살면서 몇 번은 땅끝에 서게도 되지
파도가 끊임없이 땅을 먹어 들어오는 막바지에서
이렇게 뒷걸음질치면서 말야

살기 위해서는 이제
뒷걸음질만이 허락된 것이라고
파도가 아가리를 쳐들고 달려드는 곳
찾아 나선 것도 아니었지만

끝내 발 디디며 서 있는 땅의 끝,
그런데 이상하기도 하지

위태로움 속에 아름다움이 스며 있다는 것이
땅끝은 늘 젖어 있다는 것이
그걸 보려고
또 몇 번은 여기에 이르리라는 것이

시적 화자는 어린 시절 "산 너머 고운 노을을 보려고" 힘차게
그네를 굴렸던 경험을 끄집어냅니다. 그렇게 아름다움을 좇
던 어린 시절처럼 "나비를 좇듯/아름다움에 취해 땅끝을 찾아갔"지만,
"파도가 끊임없이 땅을 먹어 들어오는 막바지"에서 위태함과 절박함을
느끼며 뒷걸음질치고 말죠. 살면서 부딪히게 되는 절망의 순간, 어느
새 "위태로움 속에 아름다움이 스며 있다는" 것을 깨닫게 됩니다. 그리
하여 '땅끝'은 아찔하니 위험한 공간이면서도 진정한 삶의 가치를 깨닫
게 하는 아름다운 공간이 됩니다.

방을 얻다

나희덕

담양이나 창평 어디쯤 방을 얻어

다람쥐처럼 드나들고 싶어서

고즈넉한 마을만 보면 들어가 기웃거렸다.

지실 마을 어느 집을 지나다

오래된 한옥 한 채와 새로 지은 별채 사이로

수더분한 꽃들이 피어 있는 마당을 보았다.

나도 모르게 열린 대문 안으로 들어섰는데

아저씨는 숫돌에 낫을 갈고 있었고

아주머니는 밭에서 막 돌아온 듯 머릿수건이 촉촉했다.

─저어, 방을 한 칸 얻었으면 하는데요.

일주일에 두어 번 와 있을 곳이 필요해서요.

내가 조심스럽게 한옥 쪽을 가리키자

아주머니는 빙그레 웃으며 이렇게 대답했다.

─글씨, 아그들도 다 서울로 나가 불고

우리는 별채서 지낸께로 안채가 비기는 해라우.

그라제마는 우리 집안의 내력이 짓든 데라서

맴으로는 지금도 쓰고 있단 말이요.

이 말을 듣는 순간 정갈한 마루와

마루 위에 앉아 계신 저녁 햇살이 눈에 들어왔다.

세놓으라는 말도 못하고 돌아섰지만

그 부부는 알고 있을까,

빈방을 마음으로는 늘 쓰고 있다는 말 속에

내가 이미 세 들어 살기 시작했다는 걸.

고즈넉하다 고요하고 아늑하다.
수더분하다 성질이 까다롭지 아니하여 순하고 무던하다.
숫돌 칼이나 낫 따위의 연장을 갈아 날을 세우는 데 쓰는 돌.
그라제마는 '그렇지마는'의 전라도 방언.

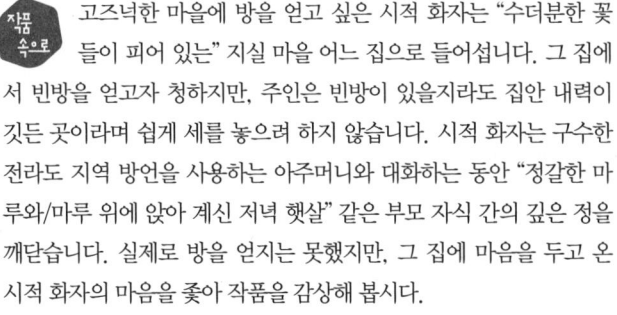

작품 속으로 고즈넉한 마을에 방을 얻고 싶은 시적 화자는 "수더분한 꽃들이 피어 있는" 지실 마을 어느 집으로 들어섭니다. 그 집에서 빈방을 얻고자 청하지만, 주인은 빈방이 있을지라도 집안 내력이 깃든 곳이라며 쉽게 세를 놓으려 하지 않습니다. 시적 화자는 구수한 전라도 지역 방언을 사용하는 아주머니와 대화하는 동안 "정갈한 마루와/마루 위에 앉아 계신 저녁 햇살" 같은 부모 자식 간의 깊은 정을 깨닫습니다. 실제로 방을 얻지는 못했지만, 그 집에 마음을 두고 온 시적 화자의 마음을 좇아 작품을 감상해 봅시다.

별 헤는 밤

윤동주

계절이 지나가는 하늘에는
가을로 가득 차 있습니다.

나는 아무 걱정도 없이
가을 속의 별들을 다 헤일 듯합니다.

가슴속에 하나 둘 새겨지는 별을
이제 다 못 헤는 것은
쉬이 아침이 오는 까닭이요,
내일 밤이 남은 까닭이요,
아직 나의 청춘이 다하지 않은 까닭입니다.

별 하나에 추억과
별 하나에 사랑과
별 하나에 쓸쓸함과
별 하나에 동경(憧憬)과
별 하나에 시와
별 하나에 어머니, 어머니,

어머님, 나는 별 하나에 아름다운 말 한마디씩 불러 봅니다. 소학교 때 책상을 같이했던 아이들의 이름과 패(佩), 경(鏡), 옥(玉) 이런 이국 소녀들의 이름과, 벌써 애기 어머니가 된 계집애들의 이름과, 가난한 이웃 사람들의 이름과, 비둘기, 강아지, 토끼, 노새, 노루, 프랑시스 잠, 라이너 마리아 릴케, 이런 시인(詩人)의 이름을 불러 봅니다.

이네들은 너무나 멀리 있습니다.
별이 아슬히 멀듯이,

어머님,
그리고 당신은 멀리 북간도에 계십니다.

나는 무엇인지 그리워서
이 많은 별빛이 내린 언덕 위에
내 이름자를 써 보고,
흙으로 덮어 버리었습니다.

딴은 밤을 새워 우는 벌레는
부끄러운 이름을 슬퍼하는 까닭입니다.

그러나 겨울이 지나고 나의 별에도 봄이 오면
무덤 위에 파란 잔디가 피어나듯이
내 이름자 묻힌 언덕 위에도
자랑처럼 풀이 무성할 게외다.

새로운 길

윤동주

내를 건너서 숲으로
고개를 넘어서 마을로

어제도 가고 오늘도 갈
나의 길 새로운 길

민들레가 피고 까치가 날고
아가씨가 지나고 바람이 일고

나의 길은 언제나 새로운 길
오늘도…… 내일도……

내를 건너서 숲으로
고개를 넘어서 마을로

 '길'을 소재로 삶의 자세를 표현한 작품입니다. 시인이 살았
던 시대에 비추어 볼 때, 쉽고 편한 길을 택하지 않고 매일
새로운 길을 가듯 마음을 고쳐먹기란 얼마나 힘들었을까요? "언제
나 새로운 길"이 되리라 하루하루 다짐하며 살아갔던 시인의 마음
을 되새기며, 이 작품을 감상해 봅시다.

서시

윤동주

죽는 날까지 하늘을 우러러
한 점 부끄럼이 없기를,
잎새에 이는 바람에도
나는 괴로워했다.
별을 노래하는 마음으로
모든 죽어 가는 것을 사랑해야지.
그리고 나한테 주어진 길을
걸어가야겠다.

오늘 밤에도 별이 바람에 스치운다.

 대표적인 성찰의 시입니다. "하늘을 우러러/한 점 부끄럼이 없기를" 바라며 자신을 돌아보다가, "잎새에 이는 바람에도/나는 괴로워했다."는 시적 화자는 "나한테 주어진 길을/걸어가야겠다."며 새로운 마음을 먹습니다. 험난한 현실에서 도망가지 않고 운명과 맞서겠다는 결의에 찬 시적 화자의 목소리는 당대나 지금이나, 방황하는 이들을 힘껏 응원합니다.

풀잎에도 상처가 있다

정호승

풀잎에도 상처가 있다
꽃잎에도 상처가 있다
너와 함께 걸었던 들길을 걸으면
들길에 앉아 저녁놀을 바라보면
상처 많은 풀잎들이 손을 흔든다
상처 많은 꽃잎들이
가장 향기롭다

작품 속으로 사람들과 어울려 지내다 보면 뜻하지 않게 상처를 입을 일이 생깁니다. 시적 화자는 꽃잎과 풀잎에 난 무수한 상처를 바라보며, "상처 많은 꽃잎들이/가장 향기롭다"며 역설적으로 말하고 있습니다. 꽃잎과 풀잎처럼 한없이 약한 존재라도 자신의 상처를 보듬고 성장한다면, 그 삶이야말로 향기롭고 아름답다는 시적 화자의 성찰에 귀 기울여 봅시다. 고달픈 이들을 위로하고 격려하는 시인이 내면의 성숙과 아름다움을 일구며 더불어 살아가는 삶을 촉구하고 있습니다.

연탄 한 장

안도현

또 다른 말도 많고 많지만
삶이란
나 아닌 그 누구에게
기꺼이 연탄 한 장 되는 것

방구들 선득선득해지는 날부터 이듬해 봄까지
조선 팔도 거리에서 제일 아름다운 것은
연탄 차가 부릉부릉
힘쓰며 언덕길 오르는 거라네
해야 할 일이 무엇인가를 알고 있다는 듯이
연탄은, 일단 제 몸에 불이 옮겨붙었다 하면
하염없이 뜨거워지는 것
매일 따스한 밥과 국물 퍼먹으면서도 몰랐네
온몸으로 사랑하고 나면
한 덩이 재로 쓸쓸하게 남는 게 두려워
여태껏 나는 그 누구에게 연탄 한 장도 되지 못하였네

생각하면
삶이란
나를 산산이 으깨는 일

눈 내려 세상이 미끄러운 어느 이른 아침에

나 아닌 그 누가 마음 놓고 걸어갈

그 길을 만들 줄도 몰랐었네, 나는

방구들(房--) 아궁이에 불을 때어 그 불기운이 방바닥 밑으로 난 방고래를 통해 퍼지도록 하여 방을 덥게 하는 난방 장치.
선득선득하다 갑자기 서늘한 느낌이 계속 있다.
조선 팔도(朝鮮八道) 우리나라 여덟 개의 도(道)를 통틀어 이르는 말.

> **작품 속으로** 연탄은 스스로 불타오르며 따뜻함을 퍼뜨리고, 다 타고 난 뒤에는 재가 되어 미끄러운 길을 안전하게 만들어 줍니다. 시적 화자는 겨울철 연탄의 모습에서 희생적이고 이타적인 삶의 의미를 발견합니다. 그리고 연탄처럼 헌신하지 못했던 자신의 과거를 반성합니다. "한 덩이 재"가 되는 것이 두려웠던 화자는 이제 "나를 산산이 으깨는 일"의 가치를 깨닫고, 누군가에게 "기꺼이 연탄 한 장"이 되는 삶을 다짐하게 됩니다.

우리가 눈발이라면

안도현

우리가 눈발이라면
허공에서 쭈빗쭈빗 흩날리는
진눈깨비는 되지 말자
세상이 바람 불고 춥고 어둡다 해도
사람이 사는 마을
가장 낮은 곳으로
따뜻한 함박눈이 되어 내리자
우리가 눈발이라면
잠 못 든 이의 창문가에서는
편지가 되고
그이의 깊고 붉은 상처 위에 돋는
새살이 되자

쭈빗쭈빗 몹시 송구스럽게 망설이며 자꾸 머뭇머뭇하는 모양.
진눈깨비 비가 섞여 내리는 눈.

소외된 사람들을 따뜻하게 바라보는 시인의 마음이 돋보이
는 작품입니다. 시적 화자는 "우리가 눈발이라면", 이럴까 저
럴까 머뭇거리며 어려운 이웃에게 적극적으로 다가가지 못하는 "진눈
깨비는 되지 말자"고 말합니다. 그리고 "가장 낮은 곳으로/따뜻한 함
박눈이 되어" 어려운 이웃에게 용기와 희망을 주는 존재가 되자고 말
합니다. 상처 입은 사람들에게 위로를 주어 "새살이 되자"고 청하기
도 합니다. 이렇듯 시적 화자는 '~자'와 같은 청유형 어미를 반복함으
로써, 시적 운율을 형성할 뿐만 아니라 소망을 함께 나누고자 합니다.

사랑

안도현

여름이 뜨거워서 매미가
우는 것이 아니라 매미가 울어서
여름이 뜨거운 것이다

매미는 아는 것이다
사랑이란, 이렇게
한사코 너의 옆에 붙어서
뜨겁게 우는 것임을

울지 않으면 보이지 않기 때문에
매미는 우는 것이다

작품
속으로   4~7년간 애벌레로 지내다 성충이 되는 매미는 한철 울어
대다 사라지는 운명이어서인지, 그 울음소리가 대단합니
다. 시적 화자는 요란한 매미의 울음소리를 "울지 않으면 보이지 않
기 때문"이라며, 사랑 또한 온 힘을 다해 "너의 옆에 붙어서/뜨겁게
우는 것"이라 말합니다.

새싹

공광규

겨울을 견딘 씨앗이
한 줌 햇볕을 빌려서 눈을 떴다
아주 작고 시시한 시작

병아리가 밟고 지나도 뭉개질 것 같은
입김에도 화상을 입을 것 같은
도대체 훗날을 기다려
꽃이나 열매를 볼 것 같지 않은

이름이 뭔지도 모르겠고
어떤 꽃이 필지 짐작도 가지 않는
아주 약하고 부드러운 시작.

> **작품 속으로** 봄을 알리는 '새싹'을 통해 작고 연약한 존재의 시작을 관찰
> 하고, 그 속에 담긴 생명력과 가능성을 섬세하게 표현한 작
> 품입니다. 새싹의 시작은 "아주 작고 시시"하거나, "아주 약하고 부
> 드러운" 모습이지만, 시인은 그 안에서 시간과 계절을 견딘 강인함
> 을 포착해 냅니다.

겨울 일기

문정희

나는 이 겨울을 누워 지냈다.
사랑하는 사람을 잃어버려
염주처럼 윤나게 굴리던
독백도 끝이 나고
바람도 불지 않아
이 겨울 누워서 편히 지냈다.

저 들에선 벌거벗은 나무들이
추워 울어도
서로 서로 기대어 숲이 되어도
나는 무관해서
문 한번 열지 않고
반추동물처럼 죽음만 꺼내 씹었다.
나는 누워서 편히 지냈다.
사랑하는 사람을 잃어버린
이 겨울.

염주(念珠) 불경을 욀 때에, 손으로 돌려 개수를 세거나 손목 또는 목에 거는 법구.
반추동물(反芻動物) 소화 과정에서 한번 삼킨 먹이를 다시 게워 내어 씹어 다시 먹
는 특성을 가진 동물.

"사랑하는 사람을 잃어버려/ (중략) /누워서 편히 지냈다."
는 반어적 표현에서, 시적 화자가 사랑을 잃고 얼마나 고통
스러워하는지 강하게 느껴집니다. 나아가 "죽음만 꺼내 씹"는 반추
동물처럼 "벌거벗은 나무들이/ (중략) /서로 서로 기대어 숲이 되어
도/나는 무관해서"라 말하면서, 지독한 외로움과 상실에 따른 고통
을 강렬하게 드러내고 있습니다. 이별에 대한 시인의 빼어난 통찰과
탁월한 언어 연금술을 엿볼 수 있는 작품입니다.

파밭 가에서

김수영

삶은 계란의 껍질이
벗겨지듯
묵은 사랑이
벗겨질 때
붉은 파밭의 푸른 새싹을 보아라.
얻는다는 것은 곧 잃는 것이다.

먼지 앉은 석경 너머로
너의 그림자가
움직이듯
묵은 사랑이
움직일 때
붉은 파밭의 푸른 새싹을 보아라.
얻는다는 것은 곧 잃는 것이다.

새벽에 준 조로의 물이
대낮이 지나도록 마르지 않고
젖어 있듯이
묵은 사랑이
뉘우치는 마음의 한복판에

젖어 있을 때

붉은 파밭의 푸른 새싹을 보아라.

얻는다는 것은 곧 잃는 것이다.

석경(石鏡) 주로 얼굴을 비추어 보는 작은 거울.
조로 '물뿌리개'의 비표준어.

자품
속으로 이 작품에서는 "묵은 사랑"과 "붉은 파밭의 푸른 새싹"이 반
복적으로 대비되는 특징을 발견할 수 있습니다. 시적 화자는
묵은 사랑으로 대표되는 낡은 생각이나 가치를 잃어버리는 것이야말
로 새로운 사랑과 새로운 사고 및 가치를 얻는 것이라 역설하고 있습
니다. 이로써 묵은 사랑을 잃어버리는 것은 절망적인 상황이 아니며,
오히려 이전과 다른 삶을 살기 위한 출발점이자 희망적인 상황임을
통찰하고 있습니다.

자동문 앞에서

유하

이제 어디를 가나 알리바바의 참깨
주문 없이도 저절로 열리는
자동문 세상이다
언제나 문 앞에 서기만 하면
어디선가 전자 감응 장치의 음흉한 혀끝이
날름날름 우리의 몸을 핥는다 순간
스르르 문이 열리고 스르르 우리들은 들어간다
스르르 열리고 스르르 들어가고
스르르 열리고 스르르 나오고
그때마다 우리의 손은 조금씩 퇴화되어 간다
하늘을 멀뚱멀뚱 쳐다만 봐야 하는
날개 없는 키위새
머지않아 우리들은 두 손을 잃고 말 것이다
정작, 두 손으로 힘겹게 열어야 하는
그,
어떤,
문 앞에서는,
키위키위 울고만 있을 것이다

작품 속으로 우리나라에도 잘 알려진 페르시아 민화 〈알리바바와 40인의 도둑〉에는 도둑들이 모아 놓은 금은보화로 가득한 동굴 문을 열면서 "열려라, 참깨!"라는 주문을 외치는 장면이 나옵니다. 시적 화자는 이러한 주문을 알아내어 읊는다든지 하는 어떠한 노력도 없이 저절로 열리는 자동문에 익숙해지는 현실을 두려운 시선으로 바라보고 있습니다. 그리하여 언젠가, 날개와 꼬리가 퇴화하여 "하늘을 멀뚱멀뚱 쳐다만 봐야 하는/날개 없는 키위새"처럼, 정보화·자동화 시대 문명에 의존하면서 "두 손을 잃고 말 것"이라 말합니다. 인간이 인간다운 역할을 하지 못할 것을 경계하는 시적 화자의 근심이 느껴지는 작품입니다.

큰 나무

조재도

어떤 말을 하고 나면
내가 어른스러워진 것 같다

어떤 생각을 하고 나면
내가 어른스러워진 것 같다

어떤 행동을 하고 나면
그때의 내 모습은

어른스러움!

그런 날은
내 키가 부쩍 커진 것 같다
어깨가 와짝
넓어진 것 같다
마음이 흐뭇함으로 가득 차고
그늘이 넓은 큰 나무가 된 것 같다

작품 속으로 옛날 시골 마을 앞에는 큰 가지를 펼쳐 넓은 그늘을 드리워 주는 느티나무가 많았습니다. 사람들은 나무 아래 모여 앉아 더위를 피하고 휴식을 취했습니다. 마을 앞 느티나무는 모두를 포용해 주는 믿음직한 어른 같은 존재였습니다. 이 시의 화자가 꿈꾸는 "어른스러움"은 바로 "그늘이 넓은 큰 나무"와 같은 모습입니다. 상대방을 공감하는 "어떤 말", 어려운 이들을 향하는 "어떤 생각", 누군가를 배려하는 "어떤 행동"을 하고 나면 "와짝" 자라난 자신을 볼 수 있었습니다. 여러분이 생각하는 어른은 어떤 사람인가요? 어른이 되고 싶은 아이들에게도, 어른이 된 어른들에게도 "어른스러움"이란 무엇인지 되새기게 하는 작품입니다.

모진 소리

황인숙

모진 소리를 들으면
내 입에서 나온 소리가 아니더라도
내 귀를 겨냥한 소리가 아니더라도
모진 소리를 들으면
가슴이 쩌엉한다.
온몸이 쿡쿡 아파 온다
누군가의 온몸을
가슴속부터 쩡 금 가게 했을
모진 소리

나와 헤어져
덜컹거리는 지하철에서
고개를 수그리고
내 모진 소리를 자꾸 생각했을
내 모진 소리에 무수히 정 맞았을
누군가를 생각하면
모진 소리,
늑골에 정을 친다
쩌어엉 세상에 금이 간다.

마음을 아프게 하는 말, 즉 '모진 소리'를 소재로 다룬 작품입니다. 시적 화자는 모진 소리가 마치 돌에 구멍을 뚫거나 돌을 쪼아서 다듬는 데 쓰는 쇠로 만든 연장인 '정' 같다고 말합니다. 그리고 그것이 늑골을 치는 기분이라 말함으로써, 그 아픔을 생생하게 표현합니다. 모진 소리를 들었던 때 혹은 모진 소리를 내뱉었던 때를 돌아보게 만드는 작품입니다.

상처의 교훈

이해인

마주하긴 겁이 나서
늦게야 대면하는
내 몸의 상처

상처는 소리 없이 아물어
마침내 고운 꽃으로 앉아 있네
아프고 괴로울 때
피 흘리며 신음했던 나의 상처는
내 마음을 넓히고
지혜를 가르쳤네

형체를 알 수 없는
마음의 상처를
다스리지 못해 힘들었던 날들도
이제는 내가
고운 꽃으로 피워 낼 수 있으리

작품
속으로 상처의 치유 과정에서 얻은 깨달음을 담담한 어조로 표현한 작품입니다. 시적 화자에게는 외면하고 싶었던 "몸의 상처"가 있었습니다. 어느 날 화자는 그 상처가 "소리 없이 아물어" "고운 꽃"이 되어 앉아 있는 모습을 발견합니다. 그리고 한때 나를 아프게 했던 상처가 나에게 "지혜"를 주었음을 깨닫게 됩니다. 화자는 눈에 보이지 않는 "마음의 상처"도 잘 다스려 스스로 "고운 꽃으로 피워" 내리라 다짐합니다. 상처받지 않고 살 수 있는 사람은 없습니다. 오히려 상처를 인정하고 제대로 극복했을 때 우리는 성장할 수 있지요. 이렇듯 상처는 단순한 흉터가 아니라 더 깊고 빛나는 꽃, 곧 성숙의 본질입니다. 그래서 어떤 시인은 '상처가 더 꽃'이라고 말했나 봅니다.

듣게 하소서

이해인

주님 저로 하여금
이웃의 말과 행동을
잘 듣는 사람이 되게 하소서

제 하루의 작은 여정에서
제가 만나는 이의 말과 행동을
건성으로 들어 치우거나
귀찮아하는 표정과 몸짓으로
가로막는 일이 없게 하소서

이웃을 잘 듣는 것이
곧 사랑하는 길임을
내가 성숙하는 길임을 알게 하소서

이기심의 포로가 되어
내가 듣고 싶은 말만 적당히 듣고
돌아서면 이내 잊어버리는 무심함에서
저를 구해 주소서

저의 도움을 필요로 하는 이에게
못 들은 척 귀 막아 버리고
그러면서도 "시간이 없으니까"
"잘 몰랐으니까" 하며 핑계를 둘러대는
적당한 편리주의, 얄미운 합리주의를
견책하여 주소서

주여 저로 하여금
주어진 상황과 사건을
잘 듣는 사람이 되게 하소서

앉아야 할 자리에 앉고
서야 할 자리에 서고
울어야 할 때에 울고
웃어야 할 때에 웃을 수 있는
민감하게 듣고 순응하는
삶의 지혜를 깨치게 하소서

주여 저로 하여금
자신을 잘 듣는 사람이 되게 하소서

나를 잘 듣는 사람만이
남을 잘 들을 수 있음을
당신을 잘 들을 수 있음을
거듭 깨치게 하소서

선한 것을 지향하는 마음의 소리를
잘 듣기 위해
침묵과 고독 속에
자신을 조용히 숨길 줄도 알게 하소서

저는 두 귀를 가졌지만
형편없는 귀머거리임을 몰랐습니다
사람과 사물을 제대로 듣지도 않고
말만 많이 했음을 용서하소서

들으려는 노력도 아니하면서
당신과 이웃과 세상에 대해
멋대로 의심하고 불평했음을
지금은 뉘우칩니다

매일매일의 제 작은 여정에서
제 생애의 큰 여정에서
잘 듣고 잘 말하는 이가 되도록
밝고 큰 귀와 입을 갖고 싶습니다

말소리만 커지는 현대의 소음과
언어의 공해 속에서도
얼굴을 찡그리지 않고
겸손히 듣고 또 듣는
들어서 지혜를 깨치는
삶의 ˙구도자 되게 하소서

견책(譴責) 허물이나 잘못을 꾸짖고 나무람.
구도자(求道者) 진리나 종교적인 깨달음의 경지를 구하는 사람.

> 자기 성찰과 따뜻한 마음을 희구하는 작가의 바람직한 '듣
> 기 태도'가 드러나 있는 작품입니다. 요즘처럼 자기표현에
> 급급하여 다른 이의 말에 묻어 있는 마음과 감정을 놓치는 시대, 듣
> 는 자세를 돌아보게 합니다.

부록

작가 찾아보기

공광규(1960~)

서울 출생. 동국대학교 대학원 국어국문학과 졸업. 1986년 《동서문학》 신인문학상을 받으며 등단함. 자연 친화적이고 호방한 시 〈담장을 허물다〉는 2013년 시인과 평론가들이 뽑은 가장 좋은 시로 선정됨. 시집으로 《소주병》, 《말똥 한 덩어리》, 《담장을 허물다》 등이 있음.

곽재구(1954~)

전라남도 광주 출생. 전남대학교 국문학과와 숭실대학교 대학원 국문학과 졸업. 1981년 〈중앙일보〉 신춘문예로 등단함. 시집으로 《사평역에서》, 《서울 세노야》, 《참 맑은 물살》 등을, 기행 산문집으로 《내가 사랑한 사람 내가 사랑한 세상》 등을 펴냄.

김광균(1914~1993)

황해북도 개성 출생. 13세인 1926년 〈중외일보〉에 〈가신 누님〉을, 1930년 〈동아일보〉에 〈야경차(夜警車)〉를 각각 발표하면서 시인으로서 이목을 끔. 1938년 〈조선일보〉 신춘문예에 〈설야〉가 당선됨. 1939년 첫 번째 시집 《와사등》을 펴낸 후 《기항지》, 《설야》, 《황혼가》, 《추풍귀우》 등을 남김.

김광렬(1954~)

제주 신산 출생. 1988년 《창작과비평》 봄호로 작품 활동을 시작함. 시집으로 《가을의 詩》, 《희미한 등불만 있으면 좋으리》, 《풀잎들의 부리》, 《그리움에는 바퀴가 달려 있다》 등을 펴냄.

김광섭(1905~1977)

함경북도 경성 출생. 1917년 경성공립보통학교를 졸업하고, 1924년 서울 중동학교를 졸업한 뒤 일본으로 건너감. 1927년 와세다대학 재학 당시 조선인 동창회보인 《R》 지에 시 〈모기장〉을 발표하면서 시인의 길에 들어섬. 1938년에 첫 시집 《동경》을 출간한 이후 《마음》, 《해바라기》, 《성북동 비둘기》 등을 펴냄.

김소월(1902~1934)

평안북도 구성 출생. 1917년 오산학교 중학부에서 수학하던 중 은사인 김억을 만나 시를 쓰게 됨. 1920년 김억의 주선으로 동인지 《창조》에 〈낭인의 봄〉 등의 시를 소월이라는 필명으로 발표함. 1925년 12월에 유일한 시집이 된 《진달래꽃》을 펴냈고, 생활상 어려움을 겪다 요절함.

김수영(1921~1968)

서울 종로 출생. 동경 성북예비학교에 다니며 연극을 공부함. 1945년 연극에서 문학으로 전향하여 잡지 《예술부락》에 시 〈묘정의 노래〉를 발표하고, 1959년 첫 시집 《달나라의 장난》을 출간함. 1960년 4·19 혁명 이후 정치 참여적인 태도의 시, 시론, 시평 등을 잡지와 신문 등에 발표하며 왕성하게 활동하다가 교통사고로 사망함.

김승희(1952~)

전라남도 광주 출생. 서강대학교 영문학과를 졸업하고, 동 대학원에서 국문학으로 전공을 바꾸어 〈이상 시 연구〉로 박사 학위를 받음. 1973년 〈경향신문〉 신춘문예에 시 〈그림 속의 물〉이 당선됨. 《달걀 속의 생》, 《빗자루를 타고 달리는 웃음》, 《왼손을 위한 협주곡》 등의 시집과 《현대시 텍스트 읽기》, 《애도와 우울(증)의 현대시》 등의 연구 저서를 펴냄.

김영랑(1903~1950)

전라남도 강진 출생. 1915년 강진보통학교 졸업 후 1917년 휘문의숙(徽文義塾)에 입학하면서부터 문학에 관심을 가짐. 《시문학》 동인으로 참가하여 〈동백잎에 빛나는 마음〉, 〈언덕에 바로 누워〉, 〈제야(除夜)〉 등 서정시를 발표함. 1935년에 첫 시집 《영랑 시집(永郎詩集)》을 펴냄. 6·25 전쟁 때 서울을 빠져나가지 못하고 은신하다 파편에 맞아 사망함.

김종길(1926~2017)

경상북도 안동 출생. 고려대학교 영문학과 졸업. 1947년 〈경향신문〉 신춘문예에 시 〈문〉이 입선되면서 등단함. 시집 《성탄제》, 《황사현상》, 《달맞이꽃》 등과 산문집 《산문》, 시론집 《시론》, 《한국시의 우상》 등을 펴냄.

김종상(1935~)

경상북도 안동 출생. 1958년 소설 〈부처손〉이 《새교실》에, 1960년 동시 〈산 위에서 보면〉이 〈서울신문〉 신춘문예에 당선되며 작품 활동을 시작함. 지은 책으로 동시집 《흙손 엄마》, 《어머니 그 이름은》, 《우리 땅 우리 하늘》, 《하늘 첫 동네》 등과 글짓기 사례기 《글밭에서 거둔 이삭》, 동화집 《아기 사슴》, 《생각하는 느티나무》 등이 있음.

김준현(1987~)

경상북도 포항 출생. 영남대학교 대학원 국어국문학과 졸업. 2013년 〈서울신문〉 신춘문예 시 부문, 2015년 창비어린이 신인문학상 동시 부문을 수상하며 작품 활동을 시작함. 대표작으로 《토마토 기준》, 《나는 법》, 《흰 글씨로 쓰는 것》 등이 있음.

김춘수(1922~2004)

경상남도 통영 출생. 일본 니혼대학 예술학원 창작과에서 수학함. 1945년 유치환, 윤이상, 김상옥 등과 '통영문학협회'를 결성하면서 본격적인 문학 활동을 펼침. 첫 시집 《구름과 장미》를 펴낸 후 《늪》, 《꽃의 소묘》, 《남천》 등과 유고 시집 《달개비꽃》을 남김.

나태주(1945~)

충청남도 서천 출생. 1971년 〈서울신문〉 신춘문예에 시 〈대숲 아래서〉가 당선되면서 등단함. 《굴뚝각시》, 《누님의 가을》, 《막동리 소묘》, 《꽃을 보듯 너를 본다》 등의 시집과 《좋아하기 때문에》, 《작은 것들을 위한 시》, 《나태주의 풀꽃 인생수업》을 비롯한 산문집, 시화집, 동화집 등 200여 권의 책을 썼음.

나희덕(1966~)

충청남도 논산 출생. 연세대학교 국문과 졸업. 1989년 〈중앙일보〉 신춘문예에 시 〈뿌리에게〉가 당선되면서 등단함. 대표작으로 시집 《뿌리에게》, 《그 말이 잎을 물들였다》, 《사라진 손바닥》, 《사랑해도 혼나지 않는 꿈이었다》, 《시와 물질》 등을 펴냄.

문삼석(1941~)
전라남도 구례 출생. 1963년 〈조선일보〉 신춘문예에 동시 〈시골 학교 난롯가에는〉이 당선되면서 등단함. 오랫동안 구례, 광주, 서울 등지의 초·중·고교에서 교사를 지냄. 대표작으로 《산골 물》, 《이슬》, 《하늘이 된 연못》, 《우산 속》 등이 있음.

문정희(1947~)
전라남도 보성 출생. 여고생 시절 첫 시집 《꽃숨》을 발간함. 시집 《우리는 왜 흐르는가》, 《작가의 사랑》, 《어린 사랑에게》 등과 수필집 《사랑이 열리는 나무》, 《사색이 그리운 풀밭》 등을 펴냄.

박두진(1916~1998)
경기도 안성 출생. 1939년 문예지 《문장》에 〈향현〉, 〈묘지송〉 등을 발표하며 등단함. 조지훈, 박목월과 함께 '청록파'로 활동함. 초기에는 자연을 주제로 한 시를 썼으나, 점차 광복의 감격과 생명감을 노래하는 시를 많이 씀. 지은 책으로 《청록집》, 《오도》, 《해》, 《거미와 성좌》, 《수석열전》 등이 있음.

박목월(1916~1978)
경상북도 경주 출생. 계성중학교 3학년 때 《어린이》 지에 동시 〈통딱딱 통딱딱〉이 특선되고, 《신가정》에 동시 〈제비맞이〉가 당선되어 아동문학가로 등단함. 1946년 조지훈, 박두진과 함께 《청록집》을 발간하여 '청록파'라 불림. 대표적인 시집으로 《구름에 달 가듯이》, 《초록별》을 펴냈고, 시집 《산도화》, 《경상도의 가랑잎》 등을 출간함.

배우식(1952~)
충청남도 천안 출생, 2003년 《시문학》 신인상, 2009년 〈조선일보〉 신춘문예를 통해 등단함. 대표적인 시집으로 《그의 몸에 환하게 불을 켜고 싶다》를 펴냄. 그 외 시조집 《인삼반가사유상》, 《연꽃 우체통》 등을 출간함.

백석(1912~1996)

평안북도 정주 출생. 1930년 〈조선일보〉의 작품 공모에 단편 소설 〈그 모(母)와 아들〉이 당선되어 소설가로 등단함. 〈조선일보〉 기자로 활동하다가 1935년 〈조선일보〉에 시 〈정주성〉을 발표하면서 시인으로 등단함. 대표적인 시집으로 《사슴》을 남김. 해방 후 고향으로 돌아가 활동하다가, 북한 문화계에 대한 반발로 1962년부터 창작 활동을 중단함. 해방전 천재 시인으로 명성이 자자했으며, 말년에는 아동 문학에도 큰 관심을 보였다고 전해짐.

복효근(1962~)

전라북도 남원 출생. 1991년 계간 시전문지 《시와 시학》으로 활동을 시작함. 대표작으로 《허수아비는 허수아비다》, 《세상에서 가장 따뜻했던 저녁》, 《예를 들어 무당거미》, 《어느 대나무의 고백》 등이 있음.

서정숙(1937~1997)

경상북도 대구 출생. 대학에서 유아교육학과 국어국문학을 공부함. 1956년 《음악》 교과서 가사 공모전에 〈오월〉이 당선되었고, 1987년 《아동문학평의론》 신인문학상을 받으며 등단함. 대표작으로 《어머니 교실》, 《노래야 노래야》, 《움직이는 동시》, 《아가 입은 앵두》 등이 있음.

신형건(1965~)

경기도 화성 출생. 경희대학교 치의학과 졸업. 1984년 '새벗문학상'에 동시가 당선되어 작품 활동을 시작함. 대표적인 동시집으로 《거인들이 사는 나라》, 《바퀴 달린 모자》, 《입김》, 《배꼽》, 《엉덩이가 들썩들썩》 등이 있으며, 비평집 《동화책을 먹는 치과의사》를 펴냄.

심후섭(1953~)

경상북도 청송 출생. 《월간문학》에서 신인상을 받고, 대구 〈매일신문〉 신춘문예에 동화가 당선됨. 이후 어린이를 위한 동화와 동시를 다수 펴냄. 주요 작품집으로 동시집 《도토리의 크기》, 동화집 《머루야 다래야》, 《이야기 편의점》 등이 있음.

안도현(1961~)

경상북도 예천 출생. 1984년 〈동아일보〉 신춘문예에 시가 당선되어 등단함. 대표작으로 《서울로 가는 전봉준》, 《모닥불》, 《그대에게 가고 싶다》, 《외롭고 높고 쓸쓸한》, 《그리운 여우》, 《바닷가 우체국》 등의 시집과 《나무 잎사귀 뒤쪽 마을》, 《기러기는 차갑다》 등의 동시집을 펴냄. 어른을 위한 동화 《연어》는 지금까지 100만 부 이상 판매되었으며, 15개국의 언어로 해외에 번역 출간됨.

오규원(1941~2007)

경상남도 밀양 출생. 1965년 《현대문학》에 시 〈겨울 나그네〉가 추천되면서 등단함. 1971년 첫 시집 《분명한 사건》을 출간한 이래 《순례》, 《이 땅에 씌어지는 서정시》, 《가끔은 주목받는 생이고 싶다》, 《오규원 시 전집》 등을 펴냈고, 시 선집 《사랑의 기교》를 출간함.

오세영(1942~)

전라남도 영광 출생. 서울대학교 국문학과와 동 대학원 졸업. 1965년 《현대문학》에 시 〈잠 깨는 추상〉이 추천되면서 등단함. 1970년 첫 시집 《반란하는 빛》을 펴낸 이후 《모순의 흙》, 《사랑의 저쪽》, 《벼랑의 꿈》, 《적멸의 불빛》, 《꽃들은 별을 우러르며 산다》 등의 시집을 출간함.

오은(1982~)

전라북도 정읍 출생. 서울대학교 사회학과를 졸업하고, 카이스트 문화기술대학원에서 석사 학위를 받음. 2002년 《현대시》를 통해 등단하여, 시집 《호텔 타셀의 돼지들》, 《우리는 분위기를 사랑해》, 《유에서 유》, 《초록을 입고》 등을 펴냄.

유하(1963~)

전라북도 고창 출생. 세종대학교 영문학과와 동국대학교 대학원 연극영화과 졸업. 1988년 《문예중앙》을 통해 시인으로 등단하여 《무림일기》, 《바람 부는 날이면 압구정동에 가야 한다》, 《세운상가 키드의 사랑》, 《세상의 모든 저녁》 등의 시집을 펴냄.

윤동주(1917~1945)

북간도 명동 출생. 1936년 《가톨릭 少年(소년)》에 동시 〈병아리〉, 〈빗자루〉를 발표함. 연희전문학교 재학 시절 교내 잡지 《文友(문우)》에 시 〈새로운 길〉과 〈자화상〉을, 〈조선일보〉 학생란에 산문 〈달을 쏘다〉와 시 〈유언〉을 각각 발표함. 1943년 항일독립운동 혐의로 고종사촌 송몽규와 함께 일본 경찰에 검거되었다가, 광복을 6개월 앞두고 후쿠오카 형무소에서 옥사함. 해방 후 유고 시집 《하늘과 바람과 별과 시》가 출간됨.

윤선도(1587~1671)

조선 중기의 문신. 특히 시조에 뛰어났으며, 정철과 함께 국문학사에서 쌍벽을 이룸. 당쟁에 휘말려 일생을 거의 유배지에서 보냈으며, 이 과정에서 자연을 시로 승화시킨 작품을 다수 남김. 대표작으로 〈견회요〉, 〈오우가〉, 〈만흥〉, 〈어부사시사〉 등과 《고산유고(孤山遺稿)》가 남아 있음.

이문구(1941~2003)

충청남도 보령 출생. 서라벌예술대학교 문예창작과에서 김동리의 제자로 수학함. 주로 소설을 썼지만, 어린이에 대한 사랑을 담은 동시도 다수 지음. 대표작으로 소설 《무진기행》, 연작 소설 《관촌수필》, 《우리 동네》 등이 있으며, 동시집 《개구쟁이 산복이》, 《산에는 산새 물에는 물새》 등도 펴냄.

이생진(1929~)

충청남도 서산 출생. 1955년 첫 시집 《산토끼》를 선보이고 《그리운 바다 성산포》, 《어머니의 숨비소리》, 《기다림》 등의 시집을 펴냄. 2009년 성산포 오정개 해안 공원에 시인의 〈그리운 바다 성산포〉가 시비로 세워짐.

이성선(1941~2001)

강원도 고성 출생. 1970년 《문화비평》에 〈시인의 병풍〉 외 4편을 발표하였고, 1972년 《시문학》에 〈아침〉이 재추천을 받아 문학 활동을 시작함. 대표작으로 《하늘 문을 두드리며》, 《나의 나무가 너의 나무에게》, 《내 몸에 우주가 손을 얹었다》 등이 있음.

이시영(1949~)

전라남도 구례 출생. 1969년 〈중앙일보〉 신춘문예에 시조가, 《월간 문학》 신인작품 공모에 시가 당선되어 등단함. 시집으로 《만월》, 《바람 속으로》, 《길은 멀다 친구여》, 《무늬》 등을 펴냄. 시 선집 《긴 노래, 짧은 시》, 산문집 《곧 수풀은 베어지리라》, 《시 읽기의 즐거움》 등이 있음.

이장희(1900~1929)

경상북도 대구 출생. 1924년 문예 동인지 《금성》 3호에 시 〈실바람 지나간 뒤〉, 〈불노리〉, 〈무대〉, 〈봄은 고양이로다〉 4편을 발표하면서 작품 활동을 시작함. 1920년대 시단의 감각적이고 청신한 경향을 대표하는 작가로, 《이장희 전집 평전》이 유작으로 소개됨. 2017년 유고 시집 《봄은 고양이로다》가 출간됨.

이재무(1958~)

충청남도 부여 출생. 1983년 《삶의 문학》으로 작품 활동을 시작함. 대표적인 시집으로 《섣달그믐》, 《온다던 사람 오지 않고》, 《주름 속의 나를 다린다》 등을 펴냄. 그 외 시 선집으로 《길 위의 식사》, 산문집으로 《생의 변방에서》, 《세상에서 제일 맛있는 밥》 등이 있으며, 시평집으로 《사람들 사이에 꽃이 핀다면》을 출간함.

이준관(1949~)

전라북도 정읍 출생. 1971년 〈서울신문〉 신춘문예에 동시가 당선되고, 1974년 〈심상〉 신인상에 시가 당선됨. 대표작으로 《가을 떡갈나무 숲》, 《천국의 계단》 등이 있고, 동시집 《씀바귀꽃》, 《내가 채송화꽃처럼 조그마했을 때》 등과 동시 창작을 위한 안내서 《동시 쓰기》 등을 펴냄.

이직(1362~1431)

고려 말에서 조선 초기에 활동했던 문신. 1392년 이성계를 도와 조선을 건국하는 데 공을 세웠고, 2차 왕자의 난 때에는 이방원을 도왔음. 이후 각종 제도 마련이나 한양 도성 건축 등에 기여함. 《가곡원류》에 시조 〈까마귀 검다 하고〉가 전해지며, 문집으로 《형재시집》이 있음.

이택(1651~1719)

조선 후기의 무신. 관직이 평안도의 육군을 통솔하는 종2품 '병마절도사'
에 이르렀음. 청렴하기로 이름이 높았고, 문예에도 조예가 깊었음.

이해인(1945~)

강원도 양구 출생. 1964년 스무 살에 올리베따노 성 베네딕도 수녀회에
입회하여, 1968년 '클라우디아'란 이름으로 첫 서원을 하고 1976년 종
신 서원함. 그해 첫 시집 《민들레의 영토》를 펴낸 이래 《내 혼에 불을 놓
아》, 《오늘은 내가 반달로 떠도》, 《사계절의 기도》 등을 펴냄.

이형기(1933~2005)

경상남도 사천 출생. 동국대학교 불교학과 졸업. 1949년 《문예》에 시
〈비오는 날〉이, 1950년 〈코스모스〉, 〈강가에서〉 등이 추천되어 등단함.
대표적인 시집으로 《적막강산》, 《돌베개의 시》, 《꿈꾸는 한발》, 《절벽》,
《존재하지 않는 나무》, 《낙화》 등을 펴냄. 수필집으로 《서서 흐르는 강
물》, 《바람으로 만든 조약돌》, 평론집으로 《감성의 논리》, 《한국 문학의
반성》 등이 있음.

장철문(1966~)

전라북도 장수 출생. 연세대학교 국문학과 졸업. 1994년 《창작과비평》
가을호에 시 〈마른 풀잎의 노래〉 등을 발표하면서 작품 활동을 시작함.
시집 《바람의 서쪽》, 《산벚나무의 저녁》과 동화 《노루 삼촌》, 《나쁜 녀
석》, 우리 고전 《심청전》, 《최척전》 등을 펴냄.

정지용(1902~1950)

충청북도 옥천 출생. 일본 도시샤대학교 유학 시절 대표작 〈향수〉를 썼
음. 1930년 '시문학' 동인과 함께 본격적으로 문단 활동을 시작함. 선명
한 이미지와 절제된 시어를 구사하며 1930년대 한국 현대시의 새로운
시대를 열었다는 평가를 받고 있음. 대표작으로 《향수》, 《정지용 시집》,
《백록담》, 《지용시선》 등이 있음.

정진규(1939~2017)

경기도 안성 출생. 고려대학교 국문학과 졸업. 1960년 〈동아일보〉 신춘
문예에 시 〈나팔〉로 등단함. 시집으로 《모르는 귀》, 《우주 한 분이 하얗
게 걸리셨어요》, 《별들의 바탕은 어둠이 마땅하다》, 《밥을 멕이다가》,
《사물들의 큰언니》, 《공기는 내 사랑》 등을 펴냄.

정철(1536~1593)

조선 중기의 시인이자 정치가. 가사 문학의 대가로서, 가사 〈관동별곡〉,
〈사미인곡〉 등을 남김.

정현정(1959~)

경상북도 문경 출생. 2007년 제1회 우석동화문학상을 수상함. 2005년
동시집 《씨앗 마중》을 출간했고, 동화 《쌍둥이의 가출》, 《그럼 안 되는
걸까?》, 《고래포 아이들》, 《열두 가지 색깔 통》 등을 펴냄.

정현종(1939~)

서울 출생. 연세대학교 철학과 졸업. 1965년 《현대문학》을 통해 등단함.
시집으로 《사물의 꿈》, 《나는 별 아저씨》, 《떨어져도 튀는 공처럼》, 《사
랑할 시간이 많지 않다》 등이 있음. 시 선집으로 《고통의 축제》, 《사람들
사이에 섬이 있다》 등과, 시론과 산문을 모은 《날자, 우울한 영혼이여》,
《숨과 꿈》 등을 펴냄.

정호승(1950~)

경상남도 하동 출생. 경희대 국문과와 동 대학원 졸업. 1972년 〈한국일
보〉 신춘문예에 동시 〈석굴암을 오르는 영희〉가, 1973년 〈대한일보〉 신
춘문예에 시 〈첨성대〉가, 1982년 〈조선일보〉 신춘문예에 단편소설 〈위
령제〉가 각각 당선되어 문단에 등단함. 대표적인 시집으로 《슬픔이 기쁨
에게》, 《서울의 예수》, 《새벽편지》, 《외로우니까 사람이다》, 《사랑하다가
죽어 버려라》, 《수선화에게》, 《풀잎에도 상처가 있다》 등이 있고, 시 선
집으로 《내가 사랑하는 사람》, 《흔들리지 않는 갈대》 등이 있음.

정희성(1945~)

경상남도 창원 출생. 1970년 〈동아일보〉 신춘문예로 등단함. 1981년 〈저문 강에 삽을 씻고〉로 제1회 김수영문학상을 수상함. 대표적인 시집으로 《답청(踏靑)》, 《저문 강에 삽을 씻고》, 《한 그리움이 다른 그리움에게》, 《시를 찾아서》, 《돌아다보면 문득》, 《그리운 나무》 등을 펴냄.

조재도(1957~)

충청남도 부여 출생. 1985년 《민주교육》에 〈너희들에게〉 외 4편의 시를 발표하며 작품 활동을 시작함. 교사로 일하며 아이들을 위한 책을 많이 펴냄. 대표작으로 《이빨 자국》, 《불량 아이들》, 《넌 혼자가 아니야》, 《전쟁 말고 평화를 주세요!》 등이 있음.

조향미(1961~)

경상남도 거창 출생. 오랫동안 국어 교사로 일했으며, 삶에 대한 애정과 포용이 담긴 시를 쓰고 있음. 대표적인 시집으로 《그 나무가 나에게 팔을 벌렸다》, 《봄 꿈》 등과 산문집 《시인의 교실》을 펴냄.

최승호(1954~)

강원도 춘천 출생. 숭실대학교 문예창작과 교수를 지냄. 1977년 시 〈비발디〉로 《현대시학》 지 추천을 받아 등단함. 대표적인 시집으로 《대설주의보》, 《세속 도시의 즐거움》, 《아메바》, 《방부제가 썩는 나라》 등이 있음. 그 외 어린이를 위한 동시집 《말놀이 동시집》 시리즈와 《최승호·방시혁의 말놀이 동요집》 등을 펴냄.

한용운(1879~1944)

충청남도 홍성 출생. 일제 강점기 독립 운동가이자 승려. 동학 농민 운동에 가담하였으며, 1910년 《조선 불교 유신론》을 탈고함. 1919년 3·1 독립운동을 주도하고, 창씨개명 반대운동, 조선인 학병출정 반대운동 등을 펼침. 1962년 대한민국 건국공로훈장이 추서됨. 대표적인 시집으로 《님의 침묵》을 남김.

함민복(1962~)

충청북도 충주 출생. 서울예대 문예창작과 졸업. 1988년 《세계의문학》
에 시 〈성선설〉을 발표하며 등단함. 대표적인 시집으로 《자본주의의 약
속》, 《모든 경계에는 꽃이 핀다》, 《말랑말랑한 힘》, 《눈물을 자르는 눈꺼
풀처럼》 등이 있음. 그 외 동시집 《바닷물 에고, 짜다》, 산문집 《눈물은
왜 짠가》, 《미안한 마음》 등과 시화집 《꽃봇대》 등을 펴냄.

허영자(1938~)

경상남도 함양 출생. 숙명여대 및 동 대학원 졸업. 대표적인 시집으로
《가슴엔 듯 눈엔 듯》, 《친전》, 《어여쁨이야 어찌 꽃뿐이랴》, 《기타를 치
는 집시의 노래》 등이 있음. 시 선집 《그 어둠과 빛의 사랑》, 《이별하는
길머리엔》, 《암청의 문신》 등과 시조집 《소멸의 기쁨》, 동시집 《어머니의
기도》, 산문집 《살아 있다는 것의 기쁨》 등을 펴냄.

황인숙(1958~)

서울 출생. 서울예대 문예창작과 졸업. 1984년 〈경향신문〉 신춘문예에
시 〈나는 고양이로 태어나리라〉로 등단함. 시집으로 《새는 하늘을 자유
롭게 풀어놓고》, 《슬픔이 나를 깨운다》, 《우리는 철새처럼 만났다》, 《자
명한 산책》 등을 펴냄. 그 외 소설 《지붕 위의 사람들》, 《도둑괭이 공주》
와 에세이 《인숙만필》, 《그 골목이 품고 있는 것들》 등을 출간함.

1부 삼월에 눈이 온다

작가	작품명	출처
오규원	3월	《나무 속의 자동차》(문학과지성사, 2008.)
오규원	포근한 봄	《오규원 시 전집 2》(문학과지성사, 2013.)
심후섭	봄비	김양순 엮음, 《내 마음의 동시 6학년》 (계림북스, 2022.)
서정숙	빗방울	《움직이는 동시》(보육사, 1997.)
박목월	여우비	《박목월 동시 선집》(지식을만드는지식, 2015.)
윤동주	햇비	《윤동주 전집 1 - 하늘과 바람과 별과 시》 (문학사상사, 2008.)
윤동주	나무	《윤동주 전집 1 - 하늘과 바람과 별과 시》 (문학사상사, 2008.)
윤동주	반딧불	《윤동주 전집 1 - 하늘과 바람과 별과 시》 (문학사상사, 2008.)
이시영	마음의 고향 4-가지 않은 길	《무늬》(문학과지성사, 1994.)
나태주	아름다운 사람	《꽃을 보듯 너를 본다》(지혜, 2017.)
나태주	별밤에	《세상을 껴안다》(지혜, 2013.)
곽재구	바람이 좋은 저녁	곽재구 외, 《현장 비평가가 뽑은 올해의 좋은 시 99》(현대문학, 1999.)
이장희	봄은 고양이로다	《봄은 고양이로다》(아인북스, 2017.)
김종상	길	《김종상 동시선집》(지식을만드는지식, 2015.)
김광균	외인촌	《설야》(시인생각, 2013.)
김춘수	샤갈의 마을에 내리는 눈	《김춘수 시 전집》(현대문학, 2004.)
오세영	별처럼 꽃처럼	《꽃들은 별을 우러르며 산다》 (시와시학사, 1993.)
오세영	유성	《적멸의 불빛》(문학사상사, 2001.)
최승호	북	《말놀이 동시집 4》(비룡소, 2008.)
최승호	코뿔소	《말놀이 동시집 2》(비룡소, 2006.)
최승호	메아리	《말놀이 동시집 4》(비룡소, 2008.)
김소월	엄마야 누나야	《김소월 시 전집》(문학사상, 2015.)
김용택	콩, 너는 죽었다	《콩, 너는 죽었다》(문학동네, 2018.)

2부 사금처럼 반짝이는 시

작가	작품명	출처
나태주	풀꽃 · 1	《풀꽃》(지혜, 2023.)
나태주	사랑에 답함	《나태주, 지금의 안부》(미래엔, 2023.)
나희덕	하늘의 별 따기	김이구 외 엮음, 《의자를 신고 달리는》 (창비교육, 2015.)
이성선	사랑하는 별 하나	송수권·나태주 엮음, 《별 아래 잠든 시인》 (문학사상사, 2001.)
복효근	세상에서 가장 따뜻했던 저녁	《세상에서 가장 따뜻했던 저녁》 (단비청소년, 2025.)
성명진	빗길	김용택 엮음, 《어린이 마음 시툰: 우리 둘이라면 문제없지》(창비교육, 2020.)
정현종	비스듬히	《견딜 수 없네》(문학과지성사, 2013.)
배우식	북어	《그의 몸에 환하게 불을 켜고 싶다》 (고요아침, 2005.)
함민복	비린내라뇨!	《바닷물 에고, 짜다》(비룡소, 2010.)
이재무	딸기	《주름 속의 나를 다린다》 (지식을만드는지식, 2013.)
문삼석	그림자	《우산 속》(아동문예, 2009.)
정호승	귀뚜라미에게 받은 짧은 편지	《수선화에게》(비채, 2015.)
백석	박각시 오는 저녁	고형진 엮음, 《정본 백석 시집》 (문학동네, 2007.)
백석	고향	《나와 나타샤와 흰 당나귀》(다산북스, 2017.)
정지용	고향	《향수》(민음사, 2016.)
정희성	민지의 꽃	《시를 찾아서》(창작과비평사, 2001.)
조향미	시 창작 시간	《그 나무가 나에게 팔을 벌렸다》 (실천문학, 2006.)
김영랑	오-매 단풍 들겄네	《김영랑 시집》(범우사, 2015.)
허영자	유년의 날	한국시인협회, 《요 엄창 큰 비바리야 냉바리야》 (서정시학, 2007.)
김광렬	제주 잠녀	한국시인협회, 《요 엄창 큰 비바리야 냉바리야》 (서정시학, 2007.)
김승희	배꼽을 위한 연가 5	《왼손을 위한 협주곡》(민음사, 2002.)
김종길	성탄제	《솔개》(시인생각, 2013.)
정철	훈민가	《한국의 옛 시조》(범우사, 2007.)

작가	작품명	출처
정호승	고래를 위하여	《외로우니까 사람이다》(열림원, 2015.)
정호승	봄길	《사랑하다가 죽어 버려라》(창비, 1997.)
김준현	우리 둘이	《세상이 연해질 때까지 비가 왔으면 좋겠어》(창비교육, 2022.)
정현정	나무들의 목욕	《씨앗 마중》(21문학과 문화, 2005.)
김소월	진달래꽃	《김소월 시 전집》(문학사상, 2010.)
김소월	먼 후일	《진달래꽃》(미래사, 2016.)
문정희	겨울 사랑	《어린 사랑에게》(미래사, 1991.)
나태주	별	《나태주, 지금의 안부》(미래엔, 2023.)
정진규	별	《별들의 바탕은 어둠이 마땅하다》(문학세계사, 1990.)
신형건	넌 바보다	《바퀴 달린 모자》(푸른책들, 2013.)
한용운	나룻배와 행인	《님의 침묵》(범우사, 1993.)
이형기	낙화	《낙화》(시인생각, 2013.)
오은	미니 시리즈	《호텔 타셀의 돼지들》(민음사, 2015.)
이생진	벌레 먹은 나뭇잎	《기다림》(지식을만드는지식, 2012.)
정현종	들판이 적막하다	《한 꽃송이》(문학과지성사, 1992.)
이문구	송사리	《산에는 산새 물에는 물새》(창비, 2009.)
박두진	해	《너는 어서 오너라》(시인생각, 2013.)
작자 미상	두꺼비 파리를 물고	임형택 외 엮음, 《한국 고전 시가선》(창작과비평사, 2010.)
작자 미상	굼벙이 매암이 되야	김희보, 《한국의 옛시》(가람기획, 2002.)
이택	감장새 작다 하고	김흥규 역주, 《고시조 대전》(고려대학교 민족문화연구원, 2012.)
영천 이씨	까마귀 싸우는 골에	류수열, 《시를 품고 옛 노래를 부르다》(글누림출판사, 2012.)
이직	까마귀 검다 하고	류수열, 《시를 품고 옛 노래를 부르다》(글누림출판사, 2012.)
윤선도	오우가	박을수 역주, 《한국 고전 문학 전집 11-시조 2》(고려대학교 민족문화연구원, 1995.)

4부 딱정벌레 날개처럼 하얀 새살

작가	작품명	출처
이준관	딱지	《천국의 계단》(서정시학, 2015.)
정현종	떨어져도 튀는 공처럼	《나는 별 아저씨》(문학과지성사, 2015.)
김광섭	저녁에	《이산 김광섭 시 전집》(문학과지성사, 2005.)
장철문	거꾸로 말했다	송선미 엮음, 〈동시마중〉 제45호 (동시마중, 2017.)
장철문	전봇대	장철문 외, 《전봇대는 혼자다》(사계절, 2015.)
나희덕	귀뚜라미	《그 말이 잎을 물들였다》 (창작과비평사, 1994.)
나희덕	땅끝	《그 말이 잎을 물들였다》 (창작과비평사, 1994.)
나희덕	방을 얻다	《사라진 손바닥》(문학과지성사, 2004.)
윤동주	별 헤는 밤	《하늘과 바람과 별과 시》(미래사, 2016.)
윤동주	새로운 길	《하늘과 바람과 별과 시》(미래사, 2016.)
윤동주	서시	《하늘과 바람과 별과 시》(미래사, 2016.)
정호승	풀잎에도 상처가 있다	《풀잎에도 상처가 있다》(열림원, 2002.)
안도현	연탄 한 장	《외롭고 높고 쓸쓸한》(문학동네, 2022.)
안도현	우리가 눈발이라면	《그대에게 가고 싶다》(푸른숲, 1991.)
안도현	사랑	《그리운 여우》(창작과비평사, 1997.)
공광규	새싹	《소주병》(실천문학사, 2004.)
문정희	겨울 일기	《어린 사랑에게》(미래사, 1991.)
김수영	파밭 가에서	《김수영 전집 1》(민음사, 2003.)
유하	자동문 앞에서	《무림일기》(문학과지성사, 2012.)
조재도	큰 나무	《자물쇠가 철컥 열리는 순간》 (창비교육, 2015.)
황인숙	모진 소리	《자명한 산책》(문학과지성사, 2003.)
이해인	상처의 교훈	《희망은 깨어 있네》(마음산책, 2010.)
이해인	듣게 하소서	《사계절의 기도》(분도출판사, 2017.)

Memo

Memo